El instante que nos queda

Kato Gutiérrez

Primera edición: Septiembre 2017

©Editorial Font, S.A.

© Derechos Reservados, Kato Gutiérrez 2015

Registro de autor
TXu 1-962-713

ISBN: 978-607-8557-01-1

Fotografía solapa
Karime García Travesi

Portada-Diseño Editorial
Jessica Ariadna Vallejo Huerta

Edición
María de Lourdes de León Cavazos

Impreso en México por Editorial Font. S.A. de C.V.

Junco de la Vega 357
Contry San Juanito, Monterrey, N.L. C.P. 64859
Tel. (81) 8342-0259 y (81) 8344-9727
editorialfont@gmail.com

Miembro de la Cámara Nacional de la Industria Editorial Mexicana
No. de Registro 2014

El instante que nos queda

novela

A mi descendencia
A mis padres
A Norma y Ana

I

El problema no es que no me acuerde de las historias; el problema es que me duele contarlas. Y es extraño, porque no son historias tristes, pero el dolor nunca pregunta y las lágrimas jamás me han obedecido.

Donde más conversé con mi padre fue en el auto. Hacia la escuela, de la escuela, hacia el fútbol, rumbo a casa de los amigos. Mucho de la vida se nos fue ahí. Aprendí de deportes. Escuchamos goles históricos. Nos emocionamos cuando la radio gritaba cómo El Matemático ganaba una medalla de oro en la marcha, en los Juegos Olímpicos de Los Ángeles 1984. Partidos de El Toro Valenzuela. Noticias de terremotos, devaluaciones, bombas que no eran bombas. Las notas que dejaban mudo a mi padre, yo casi ninguna entendía. A él le cambiaba sólo un poco la cara, fruncía un poco el ceño, desviaba la mirada y a los segundos estaba de vuelta con una sonrisa, con una pregunta. Había, al mediodía, unos comediantes cubanos que a mí no me gustaban, pero de sólo verlo cómo se carcajeaba, no me quedaba opción más que escucharlos.

En el auto charlamos sobre mis malos hábitos, como tallarme los dientes o interrumpir conversaciones. Hubo regaños sobre mis calificaciones o sobre la forma en que trataba a mis hermanas. Felicitaciones por algún logro. Recuerdo muchas conversaciones. Nos veo ahorita a los dos adentro de ese carro, creo que era un Le-

Baron con los interiores de tela color vino, y hasta veo letras flotando en el aire. Ahora mismo se me aparece el olor de ese auto.

También accidentes hubo; el mayor de ellos cuando mi mano quedó atorada en la puerta mientras me bajaba del auto, justo en la entrada de la escuela. Chorros de sangre salpicando la puerta, mi padre corriendo alrededor del auto y mi mano atorada. Una señora gorda, con vestido largo de flores amarillas decoloradas, gritando como loca sin hacer un carajo. Un vendedor de botana, barajas de Star Wars y de béisbol, le gritaba al hermano lasallista que estaba en la puerta, el único que hacía algo era mi padre; corría como ladrón alrededor del auto para llegar e intentar zafar mi mano. El ruido del ambiente se incrementó, parecía que todo sucedía en cámara lenta. Podía ver los glóbulos rojos rebotar en cada chorro que volaba de mi sangre.

Pero la mañana de la mano atorada no es la que más recuerdo; ni siquiera la que me marcó ante mis amigos de esa época. Extrañamente, de ese evento no surgieron apodos, ni siquiera bromas. Sin embargo, hubo otro que cambió mi vida. Aquí te va esa historia.

Recuerdo perfecto el bullicio de la llegada a la escuela. Iba en quinto grado. Era una mañana fresca de marzo, ya no huelen las mañanas de marzo así. Se escuchaban los gritos de los niños jugando fútbol en todas las canchas. Los columpios apuntaban al cielo, los espiros girando, algunos inadaptados jugando básquetbol. Siempre cantaban los pájaros en aquellos años; estaban en un árbol enorme. Al yo bajarme del auto y poner mi pie derecho en el piso, ya sabía que todo iba a ser diferente a partir de ese día, y eso a los once años es muy intimidante, ya que

8

normalmente no hay nada nuevo. La rutina te la imponen los padres, los maestros, la educación, todo es repetitivo. Luego de adultos nos quejamos de que todos hacemos lo mismo. Sigue órdenes, ten un plan, ejecútalo y vuelve a empezar. Entre menos preguntas hagas, mejor: sigue lo que sigue, haz lo que te toca. Y cada vez es más difícil preguntarnos si lo que hacemos es lo que queremos, o por qué carajos realizamos eso, o, peor aún, quién carajos dice que nos toca eso.

Los zapatos que usaba esa mañana eran de charol, negros, de vestir, de los de ir a misa o de los de los lunes de honores a la bandera. Pero ese día era viernes. Ni siquiera eran unos zapatos de charol normales. En la suela tenían fija una placa de acero que en escuadra se levantaba hacia el tobillo. Justo pasando ese hueso, una manguera rellena de alambres conectaba con la placa y subía hasta mi cintura, en donde se conectaba con un cinturón de acero. El objetivo: que ya no metiera el pie al caminar y así evitar quedar zambo. La fuerza de los alambres jalaba el zapato hacia afuera. Veinticuatro horas por día durante trescientos sesenta y cinco días. Esa era la sentencia, o bien, una cirugía carísima y peligrosa de la cadera, piernas y demás dramas que a los doctores les encantan. Jamás había amado tanto bañarme. Eran los únicos momentos al día sin esos monstruosos aparatos ortopédicos.

El cinturón de acero estaba forrado de un plástico que con el sudor apestaba. Lo tenía que usar sobre mi pantalón o shorts. Fuera a jugar fútbol, béisbol o tocar piano, los aparatos ahí seguían, y las mangueras moviéndose a su ritmo al lado de mis piernas. Esa mañana todo iba a cambiar. En el camino, mi viejo me contó una historia extraña; no entendí la enseñanza, no le puse atención. Iba lleno de pánico por todas las burlas que me esperaban, sólo recuerdo que al final me dijo: tú decides si es una desventaja o si es una ventaja.

Me bajé del auto esperando que la mano se me volviera a atorar, que una manguera se rompiera o que alguna tragedia impidiera que me bajara yo así ese día y todos los días de escuela restantes.

Cerré la puerta. Del otro lado del vidrio, mi viejo me regaló la mejor sonrisa de su vida, de la nuestra. El vendedor ambulante de barajas dejó de gritar ofertas y se me quedó viendo seriamente; ahí me quise regresar. Giré la cabeza a ver si aún estaba el LeBaron, y sí, ahí estaba mi padre esperando que entrara a la escuela. Me levantó su pulgar derecho. Creo que la sonrisa se le había congelado. Tú puedes, le leí en sus labios. Si lo veía un segundo más me iba a reventar en llanto. Volví hacia el frente y el hermano lasallista de la puerta me regaló otra sonrisa; una nueva. Crucé el umbral de la escuela y sentí que más de seiscientas miradas apuntaban a mis piernas.

Iba subiendo la larga rampa. Era un patio enorme, con unas seis canchas de fútbol en un lado. Obviamente, las canchas eran de tierra. Pareciera que la noticia cubrió toda la escuela en segundos. No había dado treinta pasos cuando todos me veían.

Todo se paralizó; en mí todas las miradas. Los balones rodaban solos, los maestros dejaron de platicar. Los únicos que siguieron igual fueron los pájaros; ellos siguieron cantando como todas aquellas mañanas. No aguanté tanta atención y bajé la mirada. No te caigas, Mateo. No te caigas. No te caigas, Mateo. No te caigas. MatNotecigidksjdkkriiMatetrnaqiloMateoo.

No sé cómo avancé hasta la cancha uno, esa en donde se jugaba por las mañanas antes de arrancar las clases, esa en donde sólo los de la selección de sexto grado y uno que otro famoso podían jugar. Piensa, Mateo. Piensa, piensa, piensa. Mateo, piensa. Mateo, Mateo, piensa, iensa, iensa, saMateo ¡Mateo! Piensa. ¿Qué haces? Todo en pausa ante mí. Todo en silencio, excepto los pájaros, que para ese instante ya los quería como míos.

Y me seguí moviendo. Me metí a la cancha de tierra; a la uno, a la chica, en donde nunca me habían dejado jugar. Y caminé. Vi cómo la ligera tierra café manchaba mis nuevos e incómodos zapatos negros que ya para ese momento odiaba. Sentí placer al ensuciarlos; era como un desquite. Y nadie dijo nada. No hubo reclamos por invadir la cancha, no hubo bromas por los aparatos. Yo seguí avanzando, caminando de forma extraña. Tenía miedo de caerme. Me temblaban las piernas. Escuchaba un crujir, no tenía el valor de bajar la mirada y buscar si lo que provocaba ese ruido eran mis huesos o los fierros del aparato.

El balón estaba en media cancha, en el punto central. No quería volver a pensar en lo ridículo que me veía con los aparatos, shorts blancos del uniforme, calcetones altos blancos, con unas rayas de color rojo y azul en la parte alta y mi camisa roja con el escudo de La Salle. *Esto Vir*, decía el escudo, o sea, *Ser hombre*. Y yo esa mañana necesitaba ser muy hombre. Mientras avanzaba hacia el centro de la cancha, volteé atrás de la portería del otro lado, en el rincón del gran árbol, donde un grupo de doce rechazados siempre se juntaban. Era el árbol de los perdedores, de los pendejos. Los vi; incluso ellos me tuvieron lástima. Pude leerles la mirada. Dos de ellos me saludaron y con las manos me invitaron a ir con ellos. Con murmullos llenos de preocupación me pedían que no entrara a esa cancha. Yo ya iba directo al balón, como crack. Imaginé que todo el patio, toda la escuela, todas las miradas de chicos y grandes, eran las mismas que tendría si estuviera en el Estadio del Tec a punto de cobrar un tiro libre que decidiera un campeonato, como Güeldini, del Monterrey. Con mi boca empecé a simular el bullicio que se escucha en los estadios llenos, cuando la expectación previa ya quiere ser historia. Y, de pronto, el capitán de la selección de sexto grado grita: Mateo es con nosotros, juégala Mateo.

Sentí que por primera vez en ese día respiré. Sentí que una bocanada de aire revoloteaba en mis pulmones, aunque el gozo fue efímero. El capitán me vio y me regaló su aprobación, de esas cosas raras entre niños, entre amistad y traición, entre ayuda y trampa. Volteé al balón y ahí estaba en media cancha, quieto, esperándome, y yo que no sabía si le iba a poder pegar, y yo que no sabía si me caería al intentar correr o me caería después de golpearlo. Y yo que temía tantas cosas. Y el silencio que nos ahogaba, y las miradas que me rozaban, y mi madre en el departamento bajando santos y quemando cirios, y mi padre atorado en el tráfico rumbo a su trabajo, queriéndose convencer que los aparatos habían sido la mejor decisión, y los maestros viéndome con desdén, como esperando la desgracia. El vendedor ambulante viéndome desde la reja, hasta los pájaros veían hacia la cancha; hacia mí.

Parecía un ruedo más que una cancha. Parecía más una plaza de toros que una escuela. Yo parecía más el toro que el matador.

Busqué con mi mirada el reloj que estaba colgado en la fachada de la dirección, y por primera vez quise que sonara la campana, que el tiempo pasara. Mamá siempre me decía que me gustaba complicarme de más, y ese día también tuvo la razón.

Bien podía yo caminar hacia el balón, tocar lateral en corto a algún compañero, pero vi hacia el frente y a lo lejos estaba la portería.

Te juro que vi que el ángulo superior derecho de la portería brilló, como si unos rayos de sol pasaran por ahí. Y quedé enganchado, como hipnotizado. Tenía que pegarle largo, tenía que ponerla ahí, mandarla guardar a las viejas redes y con eso dar por terminado, ese mismo día, cualquier posibilidad de burlas, apodos, golpes, infiernos y discriminaciones a causa de mis robóticos aparatos.

Dale, Mateo. Tócala a un lado, en corto.

Yo ya había decidido y di mi primer paso hacia el balón. Las caras de todos empezaron a cambiar: sorpresa, incertidumbre, morbo, deseo de que fallara. Burla. Incredulidad.

Los fierros tronaron. Empecé a trotar hacia el balón. Se escuchaban los resortes crujir, sentía que mis pies eran jalados hacia la parte exterior. No los podía controlar. Me dolía la cadera. Era un ridículo con shorts y zapatos de charol. Y vi el reflejo en el ángulo, y avancé con pasos descompuestos, sin control sobre mis piernas. Abrí mi pie derecho para pegarle con parte interna. Le pegué al balón. Vi el instante en que el zapato de charol golpeaba al balón; al mismo momento muchos gritaron noooooo. Muchas carcajadas empezaron a tronar al ver la forma tan rara en la que había corrido. De buena suerte que para pegarle con parte interna del pie hay que echar la punta hacia afuera, justo lo que hacían los fierros. De buenas decidí que iba a ser una ventaja. De buenas que le pegué largo. De buenas que le pegué al ángulo.

El balón iba en el aire, de nuevo todo en cámara lenta. Nadie creía la osadía que había hecho el de los aparatos de quinto grado. Yo tampoco lo creía, pero ya traía pintada una sonrisa en mi cara. El balón volaba rumbo al arco, y yo caía de frente hacia el piso. Después de golpear el balón trastabillé y la temida caída sucedió. Y aumentaron las carcajadas, las burlas, los dedos índices apuntándome: el hazmerreír histórico de la escuela. Entró tierra a mi boca; era como un talco café que se me metía en todos los poros. Mi cuerpo haciendo un arco al revés por el impulso de la caída; mis pies hacia arriba volando sin control. Se veían mis piernas y las mangueras, y los fierros, y los nuevos moretones en mi cadera.

El balón seguía volando. Había librado algunos cuerpos. Faltaba la mano del portero. Faltaba que llegara. Faltaba que tuviera fuerza. Faltaba que tuviera la dirección correcta. Al menos seguía volando. Yo estaba en el suelo, todo mi uniforme manchado; una pequeña piedra me cortó la boca, algo de sangre en la cara y en la camisa, como si necesitara más drama.

Que el balón entre, por favor. Que entre, por favor. Que entre, por favor. Entra balón; no pierdes nada. Y vi como un guiño de reflejos, ahí justo en el ángulo de la portería, y en ese instante supe que, aunque el portero iba a brincar con todo el odio y se iba a estirar con todo el orgullo, no iba a llegar. En ese instante volteé al cielo y vi unas nubes hermosas. En ese momento los pájaros gritaban felices. En ese momento vi a mi padre sonriendo en su LeBaron. Y el balón pasó unos centímetros lejos de la mano del portero y entró justo en el ángulo, el reflejo se regocijó y aumentó su brillo para luego desaparecer. ¡Gol! ¡Gol! ¡Gooool! ¡Gol, carajo! La cancha y la escuela gritaron mi gol, como El Azteca a Negrete en el Mundial de 1986. Yo lentamente me iba levantando, me dolía todo el cuerpo, jamás había sonreído así. Aprendí que el prestigio se puede comprar con un gol, no importa si lo haces vistiendo shorts y zapatos de charol.

Las burlas se convirtieron en elogios, los silencios en halagos, los desaires en invitaciones, la indiferencia en fama, la burla en poder, la soledad en fiestas, los deseos en hechos.

Esa noche en casa, al salir de bañarme, ya estaban los aparatos limpios, sin rastro de polvo, sin rastros del suceso matutino. Los zapatos de charol brillaban; ya mi viejo me los había boleado. Ya sólo faltaban trescientos sesenta y cuatro días.

II

A las dos de la tarde era cuando más apretaba el calor. El sol atacaba con coraje desde el centro del cielo. El olor a shampoo ya no existía. Sólo existía sudor y hambre. La dona envuelta en un pequeño papel revolución y un Barrilito sabor manzana habían quedado en el olvido. Muchas horas pasaron después del recreo.

Mientras veía entrar al salón a nuestro maestro titular para los últimos diez minutos del día, los de la reflexión final, yo me esforzaba por recrear los olores de los alimentos que imaginaba que mi madre estaba cocinando. Quería ignorar el calor, enfocarme en el hambre. En la secundaria hay muchas cosas difíciles: las eternas y aburridas mañanas en la escuela, los amigos, los enemigos, el miedo a hablarle a las mujeres, reconocer que tienes ese miedo, el hambre que ataca todo el tiempo y soportar el clima tan loco de esta ciudad.

Gotas de sudor inundaban mi nuca, mojaban mi camiseta blanca interior y hasta se metían a mis oídos. Sentía que todos mis poros se abrían como mangueras para expulsar chorros de sudor. Los dedos de los pies se resbalaban unos contra otros; tres ampollas en cada pie me acompañaban todo el verano. Sin importar si todo el tiempo utilizaba bermudas, shorts de tela de algodón o de alguna otra novedad que mi madre se animaba a usar en la ropa que me cosía, siempre tenía la parte interna de mis muslos ardida y rozada. Era doloroso caminar así, y tendía a separar un poco las piernas, pero luego el recuerdo de años atrás, cuando usé los aparatos ortopédicos me atacaba, y entonces no quería cambiar nada de la forma actual en que caminaba. No me importaba rozarme con tal de no modificar mi caminar.

Cuando queríamos molestar al maestro de química, todos nos quitábamos los tenis, y un olor a podrido inundaba el ambiente en segundos. Siempre decía que olía a azufre y preguntaba quién se había echado un pedo, lo que desataba carcajada colectiva. Cualquier parte de nuestros cuerpos apestaba. Entre el calor, el viejo edificio que parecía horno, la pereza de la edad y la ausencia de mujeres en la escuela, eliminaban cualquier preocupación por la forma en que olían nuestros cuerpos.

En los últimos diez minutos de reflexión, sólo podía pensar en la comida y en una enorme bebida helada. El maestro algo decía durante ese tiempo, pero yo era un sordo total. Los pequeños abanicos del techo aventaban lumbre, chillaban, se meneaban y amenazaban con caerse y decapitarnos. Muchas veces, la mirada se me nublaba justo en la reflexión. San Juan Bautista de La Salle, ruega por nosotros.

Había algunos compañeros que al parecer no sufrían tanto con el hambre, ni con el calor ni con nada. Quizá a ellos no les esperaba una cocina llena de olores a milanesas empanizadas, tortillas de maíz recién hechas y a arroz rojo con zanahoria y chícharos. Quizá ellos no sudaban tanto como yo, o quizá yo estaba mal teniendo hambre todo el tiempo. Mi asiento en ese segundo año de secundaria estaba en la penúltima fila, justo al centro del salón. Cada fila aumentaba un pequeño escalón, de tal forma que desde mi lugar tenía una vista magnífica de casi todo lo que sucedía. Esa tarde, volteé a la derecha y vi a un compañero avanzando la tarea de ese día. Se le veía concentrado, tallándose la frente mientras terminaba en minutos una ecuación con raíz cuadrada, la misma por la que yo iba a necesitar toda la tarde para resolver. Otros, de plano, se recostaban sobre el viejo pupitre de madera y metían su cabeza entre sus brazos para dormitar unos minutos. Era difícil que a esa altura del día el maestro le llamara la atención a alguien; creo que él tampoco tenía energía para nada. En ocasiones, algún alumno modelo de otro salón llegaba a la puerta para dar algún aviso de un partido de la selección de fútbol, o para invitar a algún retiro vocacional, o para recordarnos de la campaña de recolección de periódico. Era divertido cuando llegaba uno de esos alumnos; ya que el maestro se callaba, el alumno hablaba un poco nervioso y todos le hacíamos gestos o señas para distraerlo y hacerlo fallar, tartamudear o de plano decir alguna estupidez. Había tanto poder en el anonimato de las carcajadas colectivas.

Los diez minutos eran años. Volteaba al otro lado y veía a un compañero pintarle la camisa a su compañero de enfrente con un corrector líquido color blanco, amarrarle las cintas de los dos zapatos entre sí o al pupitre, o poner chinches en la silla de alguien más. O, los más rebeldes, hasta aventar gises al frente del salón a los pies del maestro.

Si en esos diez minutos de reflexión de cualquier día que pasé en la secundaria, el maestro hubiera hablado de alguna secta diabólica y de los beneficios de unirnos a ella, no hubiera presentado oposición, lo que fuera con tal de que sonara el timbre y pudiéramos salir, con la poca energía que nos quedaba, a la vida real, a respirar el aire un poco menos caliente. Sentir la libertad de la década de los ochenta, que el sol nos diera en los meros pómulos. Que buscara el carro de mi viejo, que empezara la discusión con mis hermanas sobre en qué lugar del auto me tocaba ir, que nos ahogáramos en el tráfico durante veinte minutos, que rezáramos porque no atravesara el tren en ese momento paralizando toda la avenida, y que tuviera energía para correr más rápido que mis hermanas y llegar antes a saludar a mi madre, a enrollar una tortilla con limón y sal, a quitarme la ropa empapada y, finalmente, a comer.

Pero ese día fue diferente. Ese día las chicharras gritaban más fuerte y había más lagartijas de lo normal en la explanada de la bandera, en donde estaba grabada una frase de algún supuesto héroe revolucionario.

Ese día, mientras el maestro decía algo relacionado con un encuentro lasallista, vi que Jorge, quien estaba en la fila de las ventanas de la izquierda, mandaba un pequeño recado, un papel doblado. El papel pasó de mano en mano, de susurro en susurro, y llegó hasta el otro extremo, al lado de la puerta, hasta las manos de Miguel, quien, en medio de su cansancio, aburrimiento e impopularidad, lo recibió.

No pudo ocultar algo de emoción; yo vi que hasta una pequeña y extraña sonrisa se le puso en su cara. De estar acostumbrado a que nadie le hablara, de pasarse los recreos solo, pateando botes o platicando con la señora de la tiendita, porque era la única que por lástima le aguantaba algo de charla con tal de que le comprara tres tacos al vapor de papa, uno de deshebrada y una Doble Cola, sí entiendo que se hubiera emocionado por recibir un papelito, un recado secreto. Quizá se imaginó que era una invitación a pasar una tarde en la alberca de alguno de los compañeros que vivían en la Chepevera. Quizá creyó que alguien lo invitaría a comer y que ese día no tendría que comer solo en su casa algún plato recalentado de las sobras de la noche previa. Quizá creyó que era una convocatoria para el viernes comer en el nuevo McDonald's de Gonzalitos y después ir al cine a ver Back to the Future. O que, simplemente, alguien le estaba pidiendo sus apuntes o la tarea de ese día que él ya había terminado.

Tantos esfuerzos que uno hace en secundaria con tal de pertenecer a algún grupo, al que sea. La pequeña sonrisa le desapareció cuando, al desdoblar el papel, vio lo que estaba ahí escrito con un tenue lápiz Berol Mirado #2:

Miguel dise el charly que chingas a tu madre.

La sonrisa se le fue y como ya era experto en recibir burlas, pudo disimular su enojo y pareció que no le importó el insulto. Volvió su vista hacia las ventanas de la derecha en donde se alcanzaban a ver las antenas del Cerro del Obispado.

No pasaron diez segundos cuando Jorge mandó otro recado. Más susurros, más expectativas, más calor, más hambre. El maestro hablaba algo sobre creer en nuestros sueños, y decía que para esa edad ya deberíamos de saber qué queríamos hacer en la vida. Yo no sabía ni qué quería hacer el siguiente fin de semana; no sabía ni qué quería hacer después de comer ese mismo día.

El segundo papelito llegó de nuevo a Miguel:

Dise el charly que eres un pinche puto.

El segundo papel ya no fue recibido con sonrisa ni fue leído con ilusión. Lo vio sabiendo que la mayoría de los cincuenta y dos alumnos del viejo y ardiente salón estábamos viendo su reacción. Creo que Miguel era listo, o que su costumbre de recibir ofensas impedía que ésta le afectara en lo absoluto. Algunos le empezaron a reclamar a Jorge que los insultos eran muy pendejos. ¿Y Charly? Charly estaba dormitando sobre el pupitre en la última fila del lado izquierdo del salón, la esquina lejana a la puerta de entrada. Charly era quien más expulsiones tenía después de Jorge. Charly había peleado al menos con veinte en ese año. Para el tercer mes, las materias reprobadas superaban a las peleas. Decían que no tenía padres, o como si no tuviera, que nunca los veía. Ni siquiera iban por él a sacarlo de la dirección cuando lo expulsaban del salón, y tenía que pasar todo el día sentado en una silla en la esquina de la oficina del director. Ya había pasado seis días parado en el patio, de timbre a timbre, las lagartijas lo rodeaban y las chicharras se le paraban en los hombros, pero nada de eso funcionaba: él seguía igual, jodiendo a quien fuera, a quien se le atravesara, sin importar si era alumno, maestro o hermano lasallista. Ya había reprobado segundo, por lo que era un año mayor que todos, un año más fuerte, un año más cabrón.

Por más cosas malas que le pudiéramos achacar a Charly, ese día él no había hecho nada malo: él estaba con la nariz pegada al pupitre, intentando encontrar placer en el olor a barniz. Estaba tratando de sobrevivir ese verano, esos últimos diez minutos de ese martes que parecía ser como cualquier otro, pero que resultó uno memorable para todos.

Miguel ya había aventado con indiferencia los dos papeles al piso. Perdió de nuevo su vista en el pasillo exterior buscando alguna excusa para mantenerla ahí, buscando algún reloj que le regalara los minutos para terminar el día. El murmullo colectivo ahora susurraba a Jorge; las burlas ahora iban hacia él. Uuuuuuuu. El maestro divagando sobre lo caliente que sería el infierno y yo preguntándome si sería más caliente que ese salón. Miguel, el solitario, el madreado, ignorando la broma de Jorge El Bravo. Charly dormitando y yo dudando si siempre el tiempo se paraba a las dos de la tarde. Alucinando si el calor pegaba los minutos.

El tercer recado salió de manos de Jorge. Otros le agregaron señas obscenas con tinta color rojo. *Te la comes. Disen que te vieron besarte con luis en el parque.* Pero lo que había escrito Jorge era más poderoso:

El maestro se esta cojiendo a tu pinche madre y luego me la voy a cojer yo.

Cuando Miguel leyó el tercero, sí buscó con la mirada a Charly, quien seguía desparramado sobre el pupitre. Miguel apretó la quijada y su cara se puso roja. No hizo nada más que eso, y volvió a aventar el papel al suelo. Jorge ya estaba escribiendo un nuevo recado, ahora para Charly:

Charly dise miguel que chingas a tu pinche madre.

El camino del pupitre de Jorge al de Charly era más cercano; estaban los dos del lado izquierdo. Sólo fueron algunas manos las cómplices.

Lentamente, Charly se enderezó y, con una pereza enorme, leyó el recado. Pronto sus ojos crecieron, se hicieron unos círculos perfectos, apretó las cejas y se rió. De todo se reía sarcásticamente. Sus ojos encontraron rápido los de Miguel, como rayo buscando un valle. Vi viajar varios recados más, de un lado a otro, incluso uno me tocó pasarlo a mí y lo leí. Lo retuve unos segundos mientras dudaba si debía de entregarlo. Alguien me dio un manotazo en la cabeza y se lo di a Miguel. Vi cómo se estaba armando una pelea por papelitos, como la ONU, como una guerra por rumores. Y yo no hice nada, o muy poco, para detenerla. A algunos que estaban adelante de mí les pedí tímidamente que rompieran los recados; me pintaron el dedo. Me era difícil creer que el maestro no viera lo que estaba sucediendo frente a él. Quería que se diera cuenta y detuviera todo. Siempre tuve problema con la violencia; nunca me gustó pelear. Miguel estaba más rojo y Charly reía más. Miguel ya no leía nada, ahora muchos mandaban recados a Miguel.

A murmullos, recados y susurros se pactó la cita cuando Charly escribió:

Te voy a partir el hocico a la salida en el parque de al lado.

Jorge estaba feliz por el plan que logró armar en menos de diez minutos, los de la reflexión. Yo me sentía mal, ya hasta me había olvidado del hambre y del calor. No quería que pelearan; no existía un motivo para que pelearan. Además, Charly iba a madrear a Miguel. Entre que era el más débil, y entre que yo era más amigo de Miguel, por decirlo de alguna forma, que de Charly, prefería que Miguel ganara. Como los amigos se le perdieron hacía tiempo a Miguel y los cobardes nos quedamos callados, la cita estaba lista.

Pan y circo al pueblo para que olviden el calor y el hambre. No tuve el valor ni para mandarle un recado a Miguel explicándole todo, mucho menos para reclamarle a Jorge o intentar aclarar la situación a Charly; ni siquiera para ir a contarle el plan al maestro, lo cual me hubiera puesto la etiqueta de pinche maricón chismoso y hubiera sido el siguiente en la lista de Charly o de Jorge. Entonces por mi silencio, mejor dicho, por mi cobardía, iban a madrear a un chavo, al parecer bueno y sin duda pacífico, sin ningún motivo. Sin ningún pinche motivo.

No creía que podía sudar más. En los brazos tenía líneas negras de sudor y tierra. Me dolía ser cobarde, pero el miedo me mantenía callado. Intenté tranquilizarme pensando que no eran mis problemas, o que ni conocía bien a Miguel. Necesitaba excusas que me hicieran sentir un poco menos culpable y encontré algunas para distraerme unos minutos hasta que sonara el timbre.

La cara de Miguel cada vez estaba más roja y Charly cada vez reía más. Gozaba tanto pelear que ni siquiera le hubiera importado saber que todo había sido armado. Me imagino lo que estaba pensando Miguel. Me imagino que estaba dudando si realmente quería pelear; quizá estaba pensando en escapar por alguna puerta secreta por el jardín de la biblioteca. No dudo que pensó en de plano no salir y quedarse muriendo de calor en ese pupitre hasta que algún maestro lo escoltara o lo corriera.

Quizá realmente sí estaba enojado por lo que decían los mensajes. Meterse con la madre de uno siempre ha sido grave a cualquier edad. También pienso en el cabrón de Jorge, ¿de plano no se sentía mal? ¿En serio gozaba con ver a alguien tirado en el piso con la boca reventada, sangrando de la cara, mientras, indefenso, recibe racimos de patadas? Yo había visto una pelea así antes, y la imagen del agredido tirado en el piso recibiendo patadas en la cara me duró meses. Era tanto su dolor que ni gemir ni gritar clemencia podía; era como un bulto de papas recibiendo patadas llenas de odio.

Todos en el salón sonreían. Todos, menos Miguel y yo. Eso era lo único que nos unía. Haber pasado el recado me hacía parte del resto, del resto que clamaba sangre. Perdidos en la multitud, todos con nuestro silencio gritábamos por ver a Miguel chorreando sangre, tirado en el suelo con los ojos morados y algunos gemidos de llanto. Fuimos tan culpables quienes pasamos los papelitos y guardamos silencio, como Jorge.

Sonó el timbre. Las dos diez de la tarde de ese martes y caminamos lo más rápido que nos lo permitía el cansancio, el calor y el pesado portafolio Samsonite, que parecía más de vendedor de seguros que de un alumno de secundaria. La moda manda a esa edad; tú sólo copias y callas. Miguel iba rodeado de los ayudantes de Jorge. No tenía escapatoria. Todos perdidos en el tumulto. El maestro que cuidaba la puerta de salida era la última esperanza de Miguel. Que el maestro viera algo raro, que se animara a preguntar por la extraña expectación que flotaba sobre las cabezas de todos los que íbamos en ese grupo. Pero el maestro estaba distraído viéndole las piernas a una mamá que esperaba a su hijo dentro de un carro.

Tan simple que le hubiera sido gritar un ¡Ee! ¡ee! ¿A dónde van, muchachos? Pero no nos dijo nada, y yo tampoco intenté nada; ni gritar, ni chismear, ni ayudar a Miguel. Jorge y Charly se carcajeaban atrás del grupo, como arreando vacas. Si tan sólo alguien hubiera ido ese día por Miguel, si tan sólo tuviera un hermano mayor, si tan sólo tuviera un amigo. Si tan sólo no fuera yo tan cobarde.

Mientras caminábamos la cuadra, me venían recuerdos de otra pelea; un cuerpo tirado en el piso, inerte, ya ni se movía aunque lo patearan en la cabeza. Aquella vez tampoco tuve el valor ni para, dentro de la multitud, gritar que se detuviera. Y ahora estaba en medio de la multitud dejándome llevar al ritmo del resto. Iba a una pelea armada por papelitos. Me empecé a preocupar más por mí y mis miedos que por Miguel.

¿Por qué tenía que haber un parque justo a una cuadra de la escuela? Hubo ahí más peleas que partidos de fútbol. Apenas entramos al parque y sobre el caliente concreto se hizo un círculo humano, ya sabes quién quedó adentro. Miguel serio con la cara roja. Charly sonriendo mascando un chicle y con un cigarro en su mano derecha. A punto de suceder una pelea que jamás debió haber sido. Una pelea en la que jamás debió correr sangre ni dientes. El frenesí se sentía en el lugar como hienas hambrientas. Yo sentía que no pertenecía a ningún grupo, pero no hacía nada por huir y dejar de ser cómplice de esa estupidez. Charly prendió el cigarro y empezó a gritar tonterías. Miguel levantó los brazos en guardia. Charly reía más y a mí se me acababan las uñas.

El cigarro voló, Charly dio dos brincos rápidos al frente y Miguel se movió como pudo hacia un lado. Todos rieron; gozaban verlo sufrir. Vente pinche maricón. Uuuuuuuu. Unos movimientos más de Charly ahora sí intentando dar dos golpes, pero lo único que encontró fue el aire. Miguel se había movido un poco más ágil hacia el otro lado. Otras burlas del público hacia Charly. Entonces, ya de una forma más descompuesta, intentando encontrar el cuerpo de Miguel, Charly avanzó y, justo cuando estaba como a un metro de Miguel, éste puso una guardia extraña, se deslizó hábilmente hacia un lado, al pasar el rival dio un grito estilo karate y lo tomó de una forma rara del cuello. En un segundo, le puso en el centro del pecho un fuerte rodillazo sacándole el aire.

Todos estábamos callados. No podíamos creerlo: Charly sometido en el piso, sin aire, indefenso. En dos segundos, todas las historias habían cambiado: ahora eran dos personas nuevas. Aún con el rival sometido e inmovilizado, Miguel levantó la mirada y nos vio a todos. A todos. Callado, controlador. Ya no tenía la cara roja. Ahí, él supo quiénes habíamos pasado los papelitos; teníamos pintada la culpa en nuestras caras. Tenía todo para rematar a Charly con un golpe en la cara o en el cuello, o para volarle la nariz y que la sangre declarara al vencedor, pero sólo lo tenía inmovilizado y, en lugar de golpearlo, le dijo:

Ya cabrón, ahí muere. Y lo soltó.

Los que observábamos no sabíamos qué hacer, si le aplaudíamos, si le decíamos que era una broma en buen plan, o si debíamos de correr porque quizá a nosotros también nos iba a madrear. No hizo nada; sólo formó una pequeña sonrisa. Giró y se fue caminando lentamente hacia la escuela, el círculo se abrió en silencio como una reverencia improvisada.

Pero los pendejos no saben perder. Charly se levantó y corriendo fue a atacar a Miguel por la espalda, todo fue tan rápido que ni yo ni nadie alcanzamos a gritar para prevenir a Miguel. A esas alturas ya no teníamos riesgo ni miedo en apoyarlo, pero fue tan rápido que, si acaso, sintió un silencio exaltado, ese que se escucha antes de un gran grito.

No necesitó voltear a verlo: lo había sentido. No sé cómo se movió, giró, estiró una pierna, hizo tropezar al Charly, un codazo al abdomen y un aventón majestuoso que mandó directo de boca al cemento al Charly. Ahí perdió un diente y toda la reputación que se pueda perder a esa edad.

Nunca habíamos visto sangrar al Charly. Miguel, lleno de energía, fue tras él. Se le notaba enojado por primera vez. Lo levantó de los cabellos y, con una furia en su cara, habló con los dientes apretados:

Te dije, pendejo.

Y le soltó, en corto y con un grito, un puñetazo monumental en la nariz que causó que volara sangre, mocos y dignidad. El primero en huir corriendo fue Jorge. Nosotros seguíamos sin poder emitir ruido alguno. Era increíble. Quedaba el eco del tronido de la nariz de Charly. Miguel tomó su portafolio y caminó de regreso a la escuela; ya traía a sus espaldas varios amigos nuevos.

Unas semanas después, fui al Gimnasio Nuevo León a ver a un primo en un torneo de karate. El lugar lleno de competidores, combates por todos lados, niños asustados, padres ilusionados. Iba caminando alrededor de las alfombras de combate y levanté la vista al estrado cuando entregaban un trofeo enorme, y el sonido local anunciaba alargando cada palabra:

Pooor segundooo aaaaño consecutivooo eeeeelll Campeóóóón Nacional Cinta Negra, esss Migueeeeeel Gonzáááááález.

Volteé y ahí estaba Miguel, en lo más alto de un pódium, con su uniforme de karate y una cinta negra en su cintura. Le daban un trofeo enorme, unas flores y le colgaban una medalla. Me vio, sonrió como lo hacen los cómplices, me cerró el ojo, me levantó un pulgar. Yo le regresé la sonrisa. Si tan sólo supiera que yo también había pasado los papelitos.

III

La carretera de Monterrey a Monclova, vista desde el asiento de atrás del auto de mi padre, era intimidante. Angosta, con el pavimento en mala calidad, había muchos tráileres que transportaban acero, y nunca faltaban historias de tragedias. Era el rumbo predilecto de la muerte. La carretera nos separaba o nos unía de mis abuelos paternos. Dos horas de trayecto parecía no ser un gran esfuerzo, pero para mis hermanas y para mí, era un largo viaje. Sagrado Corazón del buen camino, llévanos sanos y salvos a nuestro destino.

Mínimo un fin de semana al mes, mi padre decidía que iríamos a ver a los abuelos de allá, y pues antes, tú sabes a que me refiero, los niños sólo obedecíamos. Íbamos tanto que ya sabíamos exactamente en qué lugar de la carretera estaban los pozos, y jugábamos a adivinar si todavía estarían. Y siempre seguían ahí, incluso más grandes.

Cruzábamos la ciudad el sábado a mediodía y, tan pronto pasábamos un rastro de ganado que nos impregnaba con un asqueroso olor que muchas veces estuvo a punto de hacerme vomitar, mi madre sacaba de su bolso un rosario, y a rezar. Supongo que, por la forma en que rezaba, su abuela le había enseñado, o algo así, porque decía tantas oraciones previas que yo jamás entendía, tomaba minutos llegar al primer padrenuestro, yo me perdía y divagaba viendo el triste paisaje. Basura, rostros tristes, camionetas abandonadas, sequía, desierto, pequeños nopales, piedras, polvo, autobuses antiguos, chozas de lámina, cuerpos delgados tostados por el sol, perros esqueléticos y estáticos al lado del camino.

Lo que me sacaba de mi letargo era el paso de algún camión o auto en el otro sentido. Era tan angosta la carretera que no creo que hubiera más de un metro entre los dos autos. Nuestro carro se estremecía; temblaban hasta los vidrios, como un susurro de tragedia. Ante el silencio de los que íbamos atrás, mi madre nos invitaba a realizar la oración en voz alta. Mis hermanas se distraían con los cabellos de sus muñecas y, sin ponernos de acuerdo, los tres murmurábamos algo que parecía seguir a la oración de mi madre. Con los minutos, el aburrimiento y la culpa que se impregnaba en algunas de las oraciones, entendíamos que si rezábamos bien había menos probabilidades de algún accidente. De que muriéramos.

Era muy difícil no tener miedo a morir en la carretera. No pasaba un mes sin que escucháramos una charla entre mi padre y mis abuelos, o sus hermanas, en la que avisaban que alguien había muerto en algún accidente en esa carretera. Y no sólo había sido alguien, sino que había sido alguien conocido, y eso agregaba tragedia a la noticia. Ya fuera en una llamada de las de domingo por la noche, en las que la tarifa de Ladatel era más barata, en la que mis padres saludaban a mis abuelos, o en una charla de sobremesa en la, siempre inundada de majestuosos olores, cocina de mi abuela. O en las mecedoras, en una noche en la terraza del departamento. O mientras mi abuelo prendía la leña en el asador de piedra de su patio trasero. O cuando llegaban mis tías a saludarnos a casa de mis abuelos. Después de los besos, abrazos y carcajadas, muy seguido empezaba alguna conversación con las palabras que ya temíamos: ¿Supiste del accidente de fulanita? Y contaban a detalle todo el accidente, el desenlace y el dolor de la familia en el funeral. Lo peor del caso es que mencionaban exactamente el lugar del mismo, precisamente justo por donde pronto íbamos a pasar nosotros. Era común también escuchar algo así como: las tragedias nunca vienen solas y, mientras estaban en urgencias en el hospital algunos sobrevivientes del choque, les robaron la casa.

Mi madre nos pasaba algunos tacos de huevo con papas o de huevo con chorizo, o algún lonche de jamón y queso. Y ya sabíamos qué seguía. El sueño vencía rápido a las mujeres; por más que mi madre le decía a mi papá que no dormiría para acompañarlo, mi papá y yo sabíamos que en unos minutos estaríamos sólo él y yo despiertos. Y esos eran para mí los mejores momentos de todo el viaje, de todo el fin de semana. Empezábamos charlando en un tono más bajo, para no despertarlas; platicábamos de fútbol, béisbol, casi de cualquier deporte. Yo le pregunté un día por qué al equipo de fútbol de México le decían los Ratoncitos Verdes, y me dijo: porque se achican, se esconden, se asustan. Y yo desde entonces pensaba que un día íbamos a ser campeones del mundo.

Mi papá me contaba historias de sus primeros trabajos después de terminar su universidad. O del internado militar en el que estuvo en la Ciudad de México para poder estudiar en el Politécnico. Me platicaba de su primer trabajo en Pemex, y apuntaba hacia los lados de la carretera cuando me explicaba que en algún monte así de Chihuahua y de muchos estados, estuvo trabajando con equipos de investigación buscando petróleo. Todas sus historias, aunque no eran muy entretenidas para un niño de mi edad, al final tenían una lección fácil de entender. A veces jugábamos a adivinar el color y la marca del siguiente auto que pasara en el otro sentido.

Yo casi siempre iba sentado atrás de él, me gustaba estar con él. Pegaba mi cabeza al espacio que quedaba entre la pared del auto, por donde sale el cinturón de seguridad, y la cabecera de su asiento; desde ahí podía tener una visión muy similar a la de él. Mi padre era muy bueno para detectar la marca de los autos, sin importar si estaban lejísimos; apenas se veía un punto negro a lo lejos, en el horizonte caliente, y mi padre decía, y acertaba. Creo que en ocasiones me dejaba ganarle.

También jugábamos a adivinar el tiempo en el que pasaría el siguiente carro; eran momentos buenos que me ayudaban a olvidar que transitábamos por la carretera de la que tantas historias de muerte habíamos escuchado.

Cuando más miedo me daba era cuando teníamos que rebasar. En ocasiones, mi madre le preguntaba si estaba seguro de hacerlo, lo cual causaba molestia a mi padre y mortificación entre nosotros. Cada rebase era el juicio en que nuestras vidas se debatían. Mi padre era un excelente conductor; jamás manejó arriba de ciento veinte kilómetros por hora. Nunca hizo nada que nos preocupara, pero eran muchas las historias de esa carretera, y además ellos, mis abuelos y tías, seguramente de alguna forma inconsciente, se encargaban de recordarnos tanta cosa que ahí había sucedido.

En varias ocasiones, en plena carretera, mis padres comentaban en voz baja el lugar en donde alguien murió; se miraban, volteaban a la orilla del camino y suspiraban. Mis tías eran expertas en contar, a pleno detalle, cómo los gigantescos rollos de acero que algún camión transportaba se habían soltado, caído, rodado y aplastado a equis familia completa, la cual, obviamente, era conocida de alguien y, por supuesto, habían sido unas excelentes personas. Y yo que en cada viaje contaba alrededor de veinte camiones que llevaban esos rollos. Y los rebasábamos, y veía los débiles topes de madera húmeda y vieja que les limitaban el movimiento, o las flojas cadenas que los rodeaban. Era difícil estar tranquilo; era fácil temer. Eran dos horas eternas llenas de preocupaciones. Que a alguien se le atravesó una vaca y le destrozó la vida y el cofre. Y yo que contaba más de treinta vacas en un viaje. Yo, que les preguntaba a mis padres el motivo por el cual esa carretera no era como las de Estados Unidos, y mis padres que, supongo, no sabían qué responder sin mancharme de pesimismo ni de malinchismo, divagaban hasta que yo simulaba entender. La verdad es que supuse que éramos un país más joven que aquél, y que tan sólo era ventaja de tiempo, que en unos años más, o en el peor de los casos, cuando fuera grande, las carreteras en México serían como las de Estados Unidos. Entonces no habría ni un solo muerto. Entonces sería entretenido viajar por carretera. Entonces sería divertido ir a ver a los abuelos.

Una vez habiendo sobrevivido la carretera que tenía de todo: pendientes largas, curvas cortas, pozos profundos y suficiente polvo, todo acompañado por un triste paisaje seco, café, norteño, llegábamos a Monclova y ahí había otros miedos. También había algunos gozos. La cocina de mi abuela olía a chorizo, cebolla frita, chile y a carne. En las paredes tenía unos mosaicos blancos y algunos verde claro; había una enorme ventana en un lado, sobre el fregadero. Ella siempre sonreía; no importaba cuánto dinero traía en el monedero, en su cara siempre había una sonrisa y, sobre su estufa, algún alimento. Hervían cacerolas, cafeteras humeaban, chiles tronaban. Manoteaba y paloteaba con habilidad las tortillas de harina; usaba delantales bordados. Hacía un cortadillo con salsa muy picante que ella llamaba carne con chile. Es el mejor platillo que he comido en mi vida. Siempre que íbamos había esa comida. Contaba que era una receta de su abuela, que incluso en la Revolución se la habían servido a Pancho Villa cuando un día llegó con su ejército a San Buenaventura. Nadie sabía la receta completa; ni a mis tías se las había dicho. A mí, un día, en secreto, cuando devoraba el cuarto taco de harina lleno de carne con chile y aguacate, se acercó a mi oído y, con voz baja, me dijo que a mí sí me daría la receta algún día. Y me besó. Y sonreí.

Sus viejos lentes se le llenaban de vaho por estar siempre cerca de la estufa. Siempre se sentaba al final, ya que había atendido al abuelo y a todos los comensales. Sabía los gustos de cada uno y no tenía empacho en satisfacerlos. Gozaba verme comer; todos menos ella, decían que yo comía mucho. Los olores en su cocina iban cambiando durante el día. Huevos con chorizo, frijoles, menudo, empanadas, pozole, tortillas, galletas, piloncillo, canela. Me separaba unos litros de queso cottage de una marca americana y me dejaba comer todo lo que yo quisiera a cucharadas directo del envase.

Comer con ella era una bendición; era como si me besara en cada bocado. Mi abuelo se encargaba de recibir a mi padre siempre con una cerveza Superior, la mayor parte de las veces, y mientras las mujeres se quedaban en la cocina, los hombres nos íbamos al área de la sala y comedor, en donde tenían dos mecedoras y una televisión.

El abuelo siempre se sentaba en la misma mecedora; tomaba despacio, hablaba de forma apacible, sonreía y se interesaba por mi padre. Le preguntaba por Monterrey y por su trabajo. Le gustaba ver el box los sábados en la noche y los toros, los domingos por la tarde. En las noches, algún noticiero de la capital lleno de nota roja. Tenía las manos grandes y su piel era gruesa; manos trabajadoras que habían tocado desde tierra y semillas hasta mazos y acero. Daba unos abrazos lentos y cálidos. Me tocaba la pierna con sus gruesos dedos, como un cincel dando unos pequeños golpes con su dedo índice; era su forma de empezar las conversaciones. Era callado, pero certero; hablaba poco, pero lo que decía siempre era interesante. Era un buen hombre.

Siempre hacía mucho calor en Monclova. Siempre había visitas en casa de mis abuelos. Todos los días alguien llegaba a desayunar, por un café o a regalarles un kilo de manzanas. Ellos eran felices, se respetaban y atendían mutuamente.

El problema eran las conversaciones que escuchábamos; no sólo choques en la carretera o muertes: también robos. Robaban casas, al parecer de mucha gente conocida. Entonces, en las noches, la oscuridad era un reto. Batallábamos para caminar mis hermanas y yo el largo y oscuro pasillo que llevaba al patio donde eran las carnes asadas. Irnos a dormir solos a la casa, implicaba regresar por el largo pasillo exterior, entrar a la casa solos y avanzar hasta el fondo donde se encontraban las recámaras. Nunca lo hacíamos y nos quedábamos dormidos en el patio en plena fiesta, en unas incómodas mecedoras de malla de acero que nos marcaban las piernas de rombos.

Al terminar, nos llevaban cargados hasta nuestras camas. Yo no entendía por qué en Monclova pasaban todas esas cosas: robos, choques, muertes. De Monterrey yo no escuchaba esas historias. Lo mejor de Monclova pasaba en la cocina de la abuela. Despertar con el olor a huevo con chorizo entrándote en la nariz era la mejor forma de empezar un largo domingo, que incluía el regreso a Monterrey por la tarde, con sus dos horas de peligrosa carretera.

Durante algunos veranos, mis padres decidieron, sin preguntarme, que me quedara toda la semana con los abuelos. Sólo yo; sin ellos, sin mis hermanas. Los lunes, la casa de los abuelos parecía otra. No había tantas visitas, la estufa no estaba tan llena. Olía más a calor y a polvo que a carne con chile. Había caldo de pollo. Quedarme solo con ellos no era divertido. El domingo lloraba porque mis padres se iban sin avisarme, cosa que nunca entendí por qué lo hacían. Salía del baño y se habían ido. Si era una comida en casa de algún familiar, iba con una prima a comprar refrescos y ¡bah!, al regresar mis padres se habían ido a Monterrey. Tenía que pasar la semana con los abuelos.

Casi no tenía primos de mi edad, y los pocos, no iban a casa de mis abuelos entre semana. No sabía qué hacer con mis abue-

37

los tantos días, y ellos tampoco sabían qué hacer conmigo. A pesar de que nos queríamos hacer sentir bien, había silencios incómodos. A los ocho años uno hace muchas preguntas difíciles. Todas las tardes caminaba una cuadra con el abuelo y él me compraba un chopo, era el mejor momento del día; buscar a Monterrey en el atardecer con un cono en la mano. Lo mejor era saber que faltaba un día menos para el sábado en que regresarían mis padres.

Lo peor eran las noches. Dormía yo solo en un cuarto enorme. Había un antiguo ropero justo frente a la cama. Hacía mucho calor; había que abrir las ventanas, lo cual, bajo mi perspectiva, era una invitación directa a todos los ladrones que entendía que había en esa ciudad, basado en la cantidad de historias que escuchaba. Quería mover el ropero para que tapara las ventanas, lo cual era imposible. Arriba del ropero había una caja de lámina donde mi abuela escondía unos chocolates Lengua de gato; cuando me veía llorar mucho, me regalaba dos. Cerraba los ojos para intentar dormir y me retumbaban los nombres de todas las personas a las que habían robado. El recuerdo sonaba como tambor de banda de guerra. Y dormía muy poco, como si dicha banda tocara afuera de la ventana. Sufría en la completa oscuridad en la que a mis abuelos les gustaba dormir; temía que alguien entrara por la ventana, me afligía ir al baño, no quería hacer ruido y lloraba lo más silencioso posible. Dormía poco, y durante el día lo compensaba con siestas en la sala, mientras el abuelo veía el programa de Codazos de un canal de Monterrey.

En algunas ocasiones dudé si mis padres me habían dejado con intención o se habían olvidado de mí. No entendía por qué me tenía que quedar si yo no quería, mucho menos que me dejaran sin avisarme. Los días eran largos, había poco que hacer para un niño en una casa como la de mis abuelos. Entre semana hasta parecía más oscura, más triste. El piso gris con algunas líneas blancas y negras hasta se veía más sucio. Lloraba, me sentía abandonado y los abuelos no sabían cómo lidiar con ese llanto tan sentido.

La abuela me preparaba unas papas a la francesa con limón y sal. Me abrazaban, me daban dinero para que fuera a la tienda por una Coca Cola, pero yo sólo quería volver. Era un sentimiento complicado para un niño de esa edad, ya que sí los quería a ellos, pero no quería estar ahí todo ese tiempo. Los días no se querían vencer, y la semana parecía mes. El enojo de mi abandono normalmente me duraba hasta el miércoles. Luego me ganaba la tristeza; extrañaba a mis padres y hermanas. Extrañaba mi verano en Monterrey, en nuestro departamento, en mi parque, con mis amigos. No me dejaban hablar con mis padres porque las largas distancias eran carísimas; había que esperar a que ellos llamaran. Algunas veces lo hacían, y yo tenía tanto sentimiento que me salía más llanto que palabras. Luego la abuela tomaba el teléfono y les decía que todo estaba bien. Así era ella; eso decía de todo. Mi abuela trataba de contentarme con la comida, pero no funcionaba tanto en esas circunstancias. Ellos no hacían mucho, yo no tenía nada que hacer, más que ilusionarme con la llegada del sábado en que volverían mis padres y mis hermanas.

Llegaban los sábados. Mi abuela me ayudaba a bolear mis zapatos, me peinaba con un gel que tenía un olor muy fuerte.

La cocina olía a cielo de nuevo. Llegaban las visitas a desayunar, algunas cervezas aparecían en el refrigerador. La estufa, de nueva cuenta, estaba llena de cacerolas. No sé si abrían más cortinas o el sábado hasta el sol estaba más vigoroso. Y llegaban mis padres por la tarde. Al ver su auto, lloraba, reía y preguntaba el motivo del abandono. Tus abuelos te quieren mucho, me decían. Y entre gritos de emoción por el reencuentro conmigo y con los abuelos, y la algarabía de la abuela por tener a su hijo de vuelta, todos olvidaban mi dolor.

Y otra vez empezaba el protocolo de fin de semana en Monclova. Visitas a tías ancianas que vivían en casas oscuras y con olor a polvo. Más visitas a personas que decían que también eran familiares, yo jamás las había visto. Todos les regalaban cosas a mis padres; chorizo, rollos de nuez, ates, fruta. También contaban historias de las que temíamos mis hermanas y yo. ¿Supiste que se mató en la carretera fulanito? Chocó de frente contra otro carro que le invadió el carril porque dormitó el chofer. ¿Supiste que a los Garza se les metieron a su casa estando todos durmiendo y los encerraron en un armario mientras les vaciaban la casa? ¿Supiste de los vecinos de tus papás, que los robaron en plena luz del día y los amarraron y encerraron en el baño? Me tapaba los oídos lo más pronto posible, pero las historias se me quedaban pegadas en la mente como sarro. Al atardecer volvíamos a casa de los abuelos, en donde ya olía a leña. El abuelo, en el patio de atrás, empezaba la lumbre. La abuela, en la cocina, terminaba los frijoles charros, el guacamole y las tortillas de harina. Llegaban las hermanas de mi papá y algunos primos que durante la semana jamás había visto. Y todo era como una pequeña fiesta sin motivo, simplemente porque estaban juntos. Y todo sucedía igual: nos quedábamos dormidos en las mecedoras de tela de acero. El domingo en la mañana el desayuno era un agasajo, y por la tarde volvíamos a Monterrey. Obvio que si era un domingo que ya llevaba ahí una semana, desde que me despertaba no me le separaba a mi mamá, hasta que me sonreía y me prometía que ese día no me dejarían, que ya había estado una semana con los abuelos, lo cual había sido muy bueno para ellos y para mí.

Varias veces sucedió lo mismo. Me dejaron una semana, y pasé el mismo proceso que te acabo de contar, y sufría el mismo ciclo, sin que al parecer a nadie le importaran mis llantos, mis miedos, mi soledad o mis efímeros reclamos. Y llegaba el sábado, y llegaban mis papás.

Pero un sábado no llegaron. Esa semana nos habíamos quedado con los abuelos, mi hermana, la de en medio, y yo. Ella es dos años menor que yo. Cuando estábamos juntos allá, todo era un poco mejor: nos aliábamos, sufríamos lo mismo, dormíamos juntos, nos acompañábamos. Comoquiera también llorábamos.

Ahora entiendo que quizá lo que más dolía era que nos dejaran sin preguntarnos.

Ese sábado mis padres no llegaron a las cuatro de la tarde, que era la hora en que siempre llegaban. Ya la estufa estaba lista para recibirlos, las Superior esperaban en el refrigerador, mi abuela ya se había cambiado el delantal por uno limpio, el abuelo había sacado un pequeño plato hondo lleno de cacahuates con cáscara para recibir a su hijo. Ya olía a carne con chile, arroz y maíz. Mi hermana Bárbara y yo estábamos en la ventana, con las narices pegadas al caliente vidrio, esperando que el carro de mi padre apareciera.

Pero esa vez no llegaron ni a las cuatro ni a las cinco. Los abuelos no comieron, decían que esperarían a mis padres. La abuela apagó la estufa. Nos decían que fuéramos al patio de atrás a jugar, pero nosotros no nos separábamos de la ventana y de la puerta de la entrada.

Las caras de mis abuelos fueron cambiando, y un poco después de las seis de la tarde sonó el teléfono. Mi abuela estaba a dos pasos y contestó con la esperanza de que fuera su hijo, pero no era él. Nunca supe quién fue; sólo vi cómo le cambió la cara. Se le puso blanca. Mientras gemía y se iba sentando de forma accidentada, le aventó una mirada y una seña a mi abuelo para que nos sacará de la casa. En lo que salíamos escuché claramente cuando ella preguntó:

¿Dígame la verdad, están todos bien?

Mi abuelo nos llevó al patio del frente, en donde una corriente de aire caliente se nos embarró en la cara y me hizo extrañar el aire lavado de la sala. ¿Qué pasó, abuelo? Nada, hijo. Ahorita nos cuenta la abuela. Nos dijo que podíamos jugar a lo que fuera, incluso a mojarnos con la manguera, y volvió con prisa a la casa. Mi hermana y yo nos veíamos, y sabíamos que esas caras eran nuevas en los abuelos, y sabíamos también que en las tardes no nos dejaban jugar con la manguera porque teníamos que cuidar el agua, y ahí con el sol taladrando nuestros pequeños cráneos, parados a un lado de un viejo, irreverente y medio seco pino, recordé todas las historias, todos los miedos, todos los muertos, todos los accidentes.

Se me vinieron a la mente todos los lugares de accidentes que mis padres habían comentado y sentí como si un caballo me pateara en el pecho. Se me evaporó el aire y se me perdió la voz. Los párpados se abrieron más, y creo que en ese preciso instante mi hermana entendió todo lo que yo estaba pensando, porque a ella le pasó lo mismo en sus ojos. Y los dos corrimos hacia la puerta, entramos y ahí estaban los abuelos, hablando seriamente, parados a dos pasos del teléfono. Hablaban en voz baja y tardaron en sentir nuestra presencia, a pesar de que, al abrir la puerta, con nosotros entró un murmullo de aire caliente que quemaba y raspaba la piel. Giró despacio el abuelo y volvimos a preguntar por nuestros padres. Al rato llegan, hijitos; ahorita va a venir una tía por ustedes y se van a ir un rato a su casa. ¿Por qué? Porque tu abuela y yo tenemos que ir a un mandado, dijo tranquilamente el abuelo. ¿Y mis papás? Al rato llegan, hijo, no se preocupen.

Pero esas caras no eran las de ellos, y mis padres siempre llegaban a las cuatro, y ya eran casi las siete y ni siquiera habían llamado para avisar de algún cambio. Es que, abuelo, oí a la abuela decir algo en el teléfono que me dio mucho miedo. ¿Dónde están mis papás? Vienen en camino, hijo. Al rato llegan.

Siguieron pasando cosas extrañas. Una tía pasó por nosotros. Siempre la veíamos a ella en casa de mis abuelos, no sabíamos dónde vivía. Llegamos a su casa; tenía muchas lámparas antiguas. Todos los focos emitían una luz de color amarillo claro. En las paredes tenía papel tapiz con jarrones de porcelana y flores; se escuchaban varios motores de aparatos de aire lavado batallar. Nos sentó en la sala, prendió la televisión sin volumen, nos llevó unos vasos de agua y se fue a su cuarto. Se le veía triste; casi no nos hablaba. Mi hermana y yo tampoco nos hablábamos; nos tomamos de la mano y nos abrazamos. Quisimos perdernos en las caricaturas, pero el silencio nos duró un minuto hasta que mi hermana me preguntó: ¿Dónde están mis papás?

Creo que esa fue la primera vez que tuve que hablar como hermano mayor; creo que esa fue la primera vez que le tuve que mentir. Vienen en camino, ahorita llegan. Estoy seguro de que no me creyó. A los ocho años aún no sabía mentir; la voz me tembló y lo único que se me ocurrió fue volverla a abrazar. Y volvimos a llorar.

Pasaron al menos dos horas. Mi tía en ocasiones salía y nos preguntaba si estábamos bien. Cada vez salía con los ojos más hinchados y con menos pintura en su cara. Cada vez parecía una señora diferente. No habíamos comido nada desde el desayuno, nunca nos ofreció nada de comer, y a como estaba el silencio en esa casa, no nos animamos ni a pedir más agua. Además, no teníamos hambre.

Dormitamos y, de pronto, en plena madrugada, mi tía me tocó el hombro. Levántate... ya se van a ir. Nos llevó de la mano a la puerta de su casa, en donde al salir vimos a mi padre caminando hacia la puerta. Traía un brazo enyesado y una enorme venda en la cabeza. Sus párpados estaban hinchados y de color rojo y morado. Apenas se le veían los ojos; tenía cortadas y raspones en toda la cara y en el brazo derecho. Caminaba con mucha dificultad. Esa fue la primera vez que vi llorar a mi padre. Sus lágrimas lucharon para salir de los párpados hinchados; le ha de haber ardido toda la cara. Se le quebró la voz cuando decía nuestros apodos. Y nosotros lloramos por verlo así, corrimos hacia él. Sin importar lo débil que se veía, nos unimos los tres en un desordenado abrazo. Gimió cuando le tocamos el torso o quizá fue por la tristeza o por el susto. Tan pronto sentí su cuerpo, y confirmé que no era un sueño, tan pronto me iba apareciendo una sonrisa, vi que en el carro no estaban ni mi madre ni mi hermana. Ni siquiera era el carro de él. Se me borró la sonrisa, terminé el abrazo y, viéndole a sus ojos hinchados, con todo el miedo del mundo, le pregunté: ¿Dónde está mi mamá? ¿Dónde está mi hermanita Catalina?

Mi tía llegó a un lado de mi papá, le dio un abrazo, le dijo que no había parado de rezar el rosario desde que supo la noticia, y que era un milagro que estuviera bien. Mi papá subió dos escalones más de la entrada y se sentó en una banca. Tuvimos un choque en la carretera. Y en mi mente empecé a escuchar el tambor y las trompetas de la banda de guerra tocar con coraje, con odio. No sé si mi papá no podía hablar más rápido, o si el tiempo estaba detenido, y yo no recibía la respuesta a la pregunta más difícil que había hecho en mi vida. ¿Dónde están Catalina y mi mamá? Están bien, están bien. Están en el hospital. Cerré los ojos y me abalancé sobre él llorando como un loco. Mi hermana se unió. Mi tía sólo nos veía desde la puerta. ¿No se murieron? No. ¿Qué les pasó? Tu mamá está bien; sólo algunos golpes menos que yo, pero a tu hermana se le rompieron las dos piernas y un brazo, y tendrá que estar en el hospital unos días más para que le hagan algunos estudios. Por primera vez en mi vida, sentí que mi padre me hablaba como a un adulto, que me decía la verdad, cruda, directa, que sabía que la podía manejar, o que entendió que la merecía. Vio en mis ojos la sequía de verdad, vio en mis ojos la semana de abandono. Vio en mis ojos, hinchados de tanto llorar, el miedo a perderlos. Escuchó en mi mente la banda de guerra reventándome la paz, robándome la infancia. Vio en el temblor de mis labios todas las historias de muertes; vio cómo buscaba con ansia más aire para poder llorar. Vio mis manos temblar como si fueran de anciano, y entendió todo. Y entendió y calló, y suspiró. Y con sonidos que no supe si eran llantos o sonrisas, nos abrazó a los dos al mismo tiempo, puso su cabeza en medio de nosotros, sentí su inflamada mejilla en la mía, nos besó y dijo: Todo está bien, todo está bien.

IV

El departamento en que vivíamos cuando yo tenía siete años estaba en un tercer piso, justo enfrente de un parque que tenía unos árboles enormes y una cancha de tierra en donde jugábamos fútbol. Los árboles bloqueaban un poco la vista; sin embargo, pintaban de vida nuestra terraza. Los murmullos llegaban hasta la cocina. Las carcajadas de los niños, los ladridos de los perros, los gritos de gol, cualquier sonido era una tentación constante para no querer estar en el departamento y estar abajo jugando a lo que fuera. En la casa siempre hubo reglas y rutinas. Mi madre las aplicaba con firme cariño.

Después de la comida, tenía que terminar la tarea para poder ir al parque, no importaba que toda la colonia estuviera ya allí, o que el equipo de los grandes de la colonia defendiera nuestro orgullo en un partido de fútbol contra los de la Mitras Sur. Primero lo primero, comías con buenos modales, masticabas con la boca cerrada, no hablabas con la boca llena, no subías los codos a la mesa, pedías las cosas por favor, recogías tu plato, lo dejabas en el fregadero, decías buen provecho y todos contestaban gracias a Dios. Ibas a lavarte los dientes, tomabas tu mochila y te ibas a sentar en la pequeña mesa especial para niños, en donde tenías que averiguar si algo de lo que habías escuchado en la mañana lo habías entendido.

Sentía que mis mañanas en la escuela eran una divagación completa en donde la maestra Elsa, que tenía una sonrisa dulce y grande, se la pasaba hablando. No sé si ella asumía que todos entendíamos, o nadie entendía y no teníamos el interés o el valor de preguntar. Me distraía fácilmente; mi mente se iba a volar y era cuando su voz desaparecía. Imaginaba historias con las figuras y celebridades que estaban pegadas en los pintorescos frisos. ¿Cómo sería la vida en la época de ese señor que está ahí? ¿Cómo sería la vida afuera de la escuela? Y la maestra hablaba toda la mañana y mis amigos apuntaban, y yo no sabía qué hacer.

Suponía que en algún momento algo malo iba a sucederme en la escuela. Pero nunca fue así. Lo peor era que llegaba la hora de la tarea y no tenía idea de cómo hacerla. Entonces era cuando mi mamá se tenía que sentar conmigo en esa pequeña mesa de madera; la silla era para niños de mi edad, comoquiera mi mamá se sentaba y las rodillas le quedaban muy altas. Parecían patas de chapulín. Me causaba risa ver cómo su cuerpo cambiaba al sentarse en esas sillas miniatura, aunque nunca se lo dije. La veía de reojo, y ver las rodillas tan arriba me ponía de buen humor. No sé de dónde sacaba mi mamá paciencia; ha de haber sido de una cueva enorme, porque jamás se desesperaba conmigo ni con mis hermanas.

Trataba de aprender en una hora con mi madre lo que no había podido entender en toda la mañana con la maestra Elsa. Creo que mis hermanas no batallaban con la escuela, porque siempre estaban jugando antes que yo. Para ellas no era tan atractivo ir al parque, pero sí lo era cantar en la terraza, simular concursos de baile y canto, o crear universos con sus muñecas. Y yo perdido entre la ese y la ce, queriendo salir al parque lo más pronto posible.

Según yo, como hermano mayor, a esas alturas era cuando apenas le iba entendiendo a la vida. Entendía que mi mamá por las noches iba a estudiar inglés o preparatoria, o algo así. Entendía que Licha, la muchacha que iba a lavar los jueves, tenía una virtud y un defecto. Sus tortillas de harina eran las mejores, incluso que las de mis abuelas; pero era un gendarme. A gritos y pellizcos nos controlaba cuando nos quedábamos con ella. Usaba unos holgados, delgados y largos blusones; ahí escondía su ancho cuerpo lleno de impaciencia. Por todo gritaba, por todo levantaba sus delgadas y tupidas cejas. A mí sí me vas a obedecer, como si a mis padres no los obedeciéramos. Todo eso lo olvidábamos cuando dábamos, mis hermanas y yo, la primera mordida a una tortilla de harina recién hecha rellena de un brillante aguacate con sal. De buenas que Licha sólo iba los jueves. Algo escuché sobre un loco que había intentado matar al Papa.

Entendía a mis padres cuando me decían que no metiera el pie al caminar, porque me iba a quedar zambo. Entendía las historias de accidentes en la carretera a Monclova. Entendía que era divertido ir a Laredo, Texas, a comprar ropa y comida, y dormir todos juntos en un cuarto de un hotel que tenía la fachada de ladrillo rojo y estaba al lado de la gran avenida. Entendía lo que era el miedo a ser golpeado por un niño tres años más grande. Entendía que no debía apostar el regalo que me había traído Santa en un juego de boliche del Atari contra un vecino dos años más grande. Ser el mayor en la casa y de los menores en el parque no era una combinación ventajosa. Con los niños del parque aprendía cosas que niños de mi edad con hermanos mayores ya sabían desde años antes. Entre ellas, a pelear.

Volvía a casa con alguna novedad, con alguna historia o alguna palabra, y resultaba que esas cosas no eran aptas para que mis hermanas menores las escucharan. Mucho menos a luchar con ellas; ni con el pétalo de una rosa se toca a una mujer, repetía mi madre la frase que su padre solía decir. De la escuela me quedaba claro que no entendía nada, y en el parque, después de algunas peleas en donde regresaba a casa con la boca partida y la camisa ensangrentada, me quedaba claro que tampoco entendía cómo pelear. Lo que más me molestaba era no entender por qué habría que pelear.

Después de algunos golpes y calificaciones en color rojo, confirmaba que no entendía nada de la vida. Hasta que veía un balón, al lado del sillón de la sala; era uno de plástico con el logo del Mundial Argentina 1978, y sonreía al pensar que al fútbol sí le entendía. Sí entendía el gozo de meter un gol, no importaba que en la cancha sólo nos viera el padre de algún amigo o una abuela que no dejaba a su nieto estar solo en el parque. Un gol es un gol y punto. Entendía el placer de rebotar la pelota en la terraza del departamento por horas, hasta que la noche, el hambre o el grito del vecino de abajo me forzaban a parar. Recreaba las jugadas con narración en voz alta del pasado mundial, ese de Argentina. Poco había mejor que perderme en esas ilusiones. ¡Tirooo! ¡Paradón de Fillol! De pronto me sentía en plena cancha, en pleno mundial, hasta que el grito de alguna de mis hermanas me llevaba de vuelta a la terraza. Mi hermano me dio un pelotazo. Mi hermano tumbó mi casa de muñecas. Mi hermano se está burlando de mí. Mi hermano me pegó. Mi hermano se comió mi merienda. Mi hermano, mi hermano, mi hermano.

Mis reclamos sobre ellas eran muy similares. Mis hermanas no me dejan jugar fútbol. Mis hermanas aventaron la pelota a la calle. Mis hermanas me dejaron encerrado en el cuarto de la lavandería. Siempre había más sonrisas que discusiones. Mi mamá tenía paciencia para todos. Siempre sentí que contaba con ella para lo que fuera. Una de sus principales preocupaciones era que nos lleváramos bien entre nosotros.

Si acababa la tarea era por obra del dictado, señalización y explicación de mi mamá. Cerrar la libreta implicaba que tenía permiso para ir al parque desde ese momento y hasta que la noche llegara. Guardaba todo en mi mochila y corría a enfrentar la vida real. A aprender que con dos pesos puedes comprar unos momentos de placer al morder una gruesa rebanada de jícama con chile en polvo, y al mismo tiempo, podías comprar una enfermedad de nombre extraño, causada porque el señor que la vendía no se lavaba las manos después de tomar el dinero. A aprender que la familia nueva, que llegó a vivir del otro lado del parque, venía de un país centroamericano, huyendo de la guerra, y por eso eran violentos y a todos golpeaban. A aprender que si alguien rompía una ventana con una pelota de béisbol, tenías que correr a esconderte aunque tú no hubieras sido. A aprender que un rifle de diábolos no te lo deben de apuntar a las piernas, porque el dolor te robará más de dos gritos y un amigo. A aprender lo divertido que podía ser que un niño narrara un gol tuyo, por más mal que lo hiciera.

A descubrir lo atractivo del juego de la traes, de las escondidas o el bote pateado. A empezar a conocer el poder del dinero, y de la violencia, y del mal. A entender que en ocasiones tenías que pelear para que las peleas pararan, por más que mi madre me decía que escapara corriendo hacia el departamento gritando por su ayuda. A asimilar que siempre había alguien en tu vida que te quería joder y que dependía de mí si dejaba que eso sucediera, y que no importaba si avanzaba de grado, me cambiaba de casa o de grupo de amigos, si no sabía defenderme, siempre alguien se aprovecharía de mí. Y peleaba y decía que me había caído en la polvosa cancha del parque o chocado contra la portería de tablones de madera cuadrados, intentando salvar el gol que nos hubiera vencido.

Luego comprendí que evitar la pelea también era inteligente porque, a menos de que casi matara al oponente, en muchas ocasiones él volvía por un desquite o por más diversión. O bien surgía otro problema, otra persona. Aprendí que si era más inteligente que ellos, podía evitarme al menos algunas peleas. Entendí cómo la información me daba poder. Rondaba en bicicleta el parque lentamente para escuchar las pláticas de las niñas y de las mamás, sobre todo cuando platicaban de los problemas que tenían con sus hijos. Muchas veces obtuve información privilegiada de esas conversaciones, lo que me salvó de varias peleas, información que también me dio poder para controlar eventos u obtener ciertos privilegios como ser el primero en tomar agua después de un partido, o ser el capitán y elegir a mi equipo de fútbol o de tochito.

Aprendí que correr a la par del tren para intentar subirte al vagón y robar algunos artefactos con dinamita, era algo que sólo los grandes y malosos eran capaces de hacer. Todos los que lograban esa hazaña obtenían, en automático, inmunidad de todo tipo en el parque. Pero ellos eran los grandes, los que en las noches jugaban escondidas con las muchachas y se quedaban charlando en las bancas hasta las diez. A mí, apenas empezaba atardecer y mi mamá me gritaba desde la terraza que era hora de volver, porque ya estaba oscuro, porque el parque ya parecía boca de lobo. Me tardé años en entender la analogía.

Hubo una tarde que mi mamá me gritó a plena luz del sol. Eran como las cinco. Su grito fue diferente, corto y agudo; se confundía con una petición de ayuda o con un llanto. Varios de mis amigos se me quedaron viendo, sorprendidos por la forma tan rara en que se había escuchado mi madre. Me quedé paralizado, pensando qué hacer. Esperaba otro grito, pero ella ya no estaba en la terraza. Seguí inmóvil hasta que mis amigos me dijeron que corriera a la casa. Y corrí, como si fuera a rematar a gol. Los tachones viejos rasparon el piso gris de las escaleras, brinqué varios escalones y llegué al tercer piso. Jamás hubiera imaginado lo que iba a ver esa tarde.

En la sala de la entrada, estaba mi mamá sentada en el piso con mi hermana recostada sobre su muslo. Mi hermana no se movía; tenía los ojos cerrados; estaba blanca. Mi mamá tenía las mejillas apretadas, hacía una mueca levantando sus cejas. Así reaccionaba cuando estaba asustada, pero jamás como las muecas de ese día. El ansia se le metía como enredadera bajo su piel. Enmudeció el parque. Enmudeció mi mundo. Enmudeció mi vida. Un viejo reloj de pared seguía moviendo su péndulo, yo no escuchaba nada. Catalina, mi hermana menor, permanecía estática en la mitad del pasillo que llevaba a las recámaras, escondiendo su hermoso rostro en las sombras. Como que las tragedias las entendemos a cualquier edad. Miré el piano y, no sé por qué, pero deseé que se apareciera un señor con pantalón blanco y camisa de rayas delgadas de color rojo y blanco, con un sombrero redondo blanco y se pusiera a tocar algún jazz alegre, algo que despertara a mi hermana, algo que nos hiciera sonreír, algo que nos hiciera respirar, algo que nos hiciera oír. El silencio nos seguía ahogando.

Un viento ardiente entró tras de mí, rasgó el ambiente con un hedor desconocido, recorrió toda la sala y salió por la ventana de la cocina como una mala premonición. Si hubiera sido jueves, Licha nos hubiera sacado a cachetadas las preguntas y las respuestas. Pero no era jueves. No fue hasta que mi madre me vio cuando pude empezar a escuchar sonidos. Sus ojos negros llenos de tormentas clamaban que le dijera que era un sueño. En cámara lenta empezó a mover su boca y sus brazos, hasta que de golpe me llegó el calor. De golpe me llegó el sonido. De golpe me llegó la vida. De golpe conocí la angustia. De golpe vi la muerte. De golpe crecí unos años. De golpe lloré. De golpe sentí cómo el pánico se me metía a los tímpanos. De golpe volví a querer no escuchar nada. Que corriera al teléfono. Que corriera por su agenda. Que buscara el número del pediatra en cientos de hojas llenas de números, nombres y direcciones escritos en unas letras cursivas imposibles de leer. Que corriera por alcohol. Que corriera a ver si mi otra hermana estaba bien. Que le llamara a mi papá. Que no llorara. Que no preguntara nada. Que entendiera que los gritos de mi madre no eran ningún regaño. Que ya no viera a mi hermana. Y yo que no podía dejarle de ver sus ojos cerrados. No podía parar de querer correr a besarle esas suaves mejillas rosas esperando que con eso despertara. No podía parar de pensar qué le había pasado. Se veía tan en calma, tan feliz. No podía recordar cuál había sido su última palabra para mí ni la mía para ella. No podía recordar nuestra última interacción. Y yo seguía estático, y mi madre ya la había cargado. Bárbara estaba flácida y casi transparente. Que corriera por una toalla. Que fuera con la vecina a pedirle unos hielos. Las órdenes y gritos de mi madre llenaban con autoridad el departamento. Y yo seguía sin poder hacer nada, apenas había dado un paso hacia adelante.

Mi madre en el teléfono de la cocina, mi hermana menor perdida en las sombras preguntándome con los ojos y yo no queriéndole contestar con nada. Ahí fueron las primeras maldiciones que le escuché a mi madre, y también las últimas. Gritó, regañó y aventó fuego como dragón contra la secretaria del pediatra. Con los poderes que la maternidad da, cargó a mi hermana de cinco años en su brazo derecho y con la otra mano nos organizó a nosotros dos. Yo no tenía el valor para preguntar hacia dónde íbamos. Jamás había manejado así. Jamás había violado alguna señal de tráfico. A Bárbara la llevaba a su lado, le hablaba, le lloraba, le gritaba, y a Dios le reclamaba. Le tocaba la frente. Mi hermana no se movía, era como un costal desparramado. Estaba tan transparente que le podía ver las venas de su cara.

Entre gritos, llegamos corriendo al consultorio del pediatra, en donde estaba la secretaria con quien había hablado mi mamá, quien al vernos pidió una disculpa.

Salieron dos enfermeras y cargaron a Bárbara. Yo seguí sin valor para preguntarle a mi madre si había muerto. Ojalá fuera un sueño. Ojalá fuera yo el que me muriera. En las mismas sillas de la sala de espera le pusieron dos inyecciones. Unas toallas en la frente. Los otros pacientes huyeron como si las tragedias se contagiaran; todas las sillas eran para nosotros. Más miedo me dio cuando le vi una cara de felicidad a mi hermana. No se movía, pero yo le veía caras diferentes. Mi mamá ordenaba con habilidad, gritaba y reclamaba. Daba información, pedía respuestas. Contaba toda la historia, la cual nunca pude escuchar completa porque yo hacía ruidos extraños para no escuchar. Laaa laaa laa laa laa laaaa; mientras le tapaba las orejas a mi hermanita menor.

Catalina no hablaba, me miraba y nos abrazábamos. Ni llorar habíamos podido.

Bajamos todo lo que habíamos subido para cruzar ahora al hospital de enfrente. Entrar por urgencias y todo el protocolo que ya te podrás imaginar. Mi madre trotaba, tenía la respiración agitada. Gritaba, lloraba, maldecía y rezaba al mismo tiempo. Mi hermana seguía sin moverse, y tuve miedo que de ahí se la llevaran al panteón. No te vayas, hermana. Por fin pude gritar como nunca había gritado antes. Por fin pude llorar. Por fin le pude gritar que me perdonara. Por fin le pude gritar que la quería hasta el sol. Le grité que toda la terraza sería de ella si volvía. No te mueras, hermana. Por fin el llanto me confirmó que todo lo que pasaba era real. Y yo que no entendía si las enfermeras tenían prisa o iban lento. No entendía por qué mi madre nos dejaba a nosotros solos, en medio de una gigantesca recepción en donde todos nos veían con morbo. No entendía si mi mamá lloraba o reía. Y yo que no podía imaginar cómo sería la vida sin ella. No podía aceptar lo que sería llorar todos los días. No quería pensar lo que sería verle incrustada la tristeza en las pupilas de mi madre todos los días de nuestra vida.

Y yo que pensaba que todas mis mentiras estaban repercutiendo en el dolor que nos ahogaba esa tarde a todos nosotros. La culpa me quebraba las costillas, los pulmones se me querían salir. ¿Y si fue el mazapán que le regalé ese mediodía? ¿Y si se le atoró la envoltura de aluminio en la garganta? Y lloraba y gritaba, y preguntaba por mi hermana, y los miedos se me amontonaban, y seguíamos en esa gran recepción en donde la gente que pasaba nos miraba con lástima. Y preguntaba por mi mamá. Y Catalina no lloraba. Esperaba que no entendiera. Me veía con ojos dulces. Y a mí que ya me quemaban los párpados. No te mueras, hermana. Que mis gritos le dieran fuerza. Que escuchara mis llantos, que nuestros recuerdos la jalaran a este mundo. Que mi mamá usara su poderosa magia y nos trajera de regreso a mi hermana y sus carcajadas. Que algún ángel nos la regresara. No te mueras, hermana. Que llegara mi papá. Que fuera un sueño. Que pudiera regresar el tiempo. Que fuera yo, que le dieran mi sangre, que le dieran cualquier parte mía, pero que volviera, que sonriera de nuevo, que con sus ojos llenos de sol nos volviera a embarrar de felicidad. Que pudiera gritarle más fuerte. Que me pudiera oír.

Catalina y yo corrimos hacia donde habían desaparecido. Gritamos y lloramos hasta que alguien nos detuvo. No pudimos huir ni contestar nada. Se me había perdido la lengua. Peleé con el guardia, como si fuera alguien del parque. Como si de esa pelea dependiera la vida de mi hermana. Como si con cada puñetazo le sacara el papel de aluminio de su garganta. Empecé a gritar de nuevo. ¡Que le quiten el aluminio! ¡Que le quiten el papelito! Sólo Catalina me entendía. Hasta que los brazos de mi padre nos rodearon. Yo quería hacer cientos de preguntas; quería advertirlo sobre el papel de aluminio, pero tenía tanto pesar que lo único que podía hacer era llorar. El miedo me había dejado mudo. Entre sus brazos se me fueron las horas.

Varios días pasaron; nos prohibieron ir al hospital. Catalina y yo estábamos solos en el departamento; ahí nos cuidó Licha. No me animaba a entrar al cuarto de mis hermanas; ni siquiera tenía humor de jugar fútbol. Ahí se le extrañaba más. Cualquier vaso, juguete o rincón me recordaba a ella. Nos pasábamos las tardes en el barandal de la terraza esperando que llegara Bárbara; pero en las noches sólo volvía mí papá.

Una mañana, mi papá nos llevó al hospital. Íbamos entrando al edificio cuando las vi caminando por el largo pasillo. Mi mamá, con un vestido de tela azul gruesa, de los que llevaba a sus meriendas, y Bárbara, con un vestido blanco de encaje, unos zapatos de charol blanco y un moño rosa en su cabeza. Se veía más hermosa que antes. El sol brillaba a sus espaldas. Parecía que flotaban. Las dos estaban más delgadas. Sonreían. Bárbara dio unos brincos. Ahí me quería quedar atorado el resto de mi vida. Bárbara llegó, me dio un abrazo y un beso. No me morí hermano, en la terraza podemos jugar los tres.

V

Y así me la pasé muchos años, toreando el miedo a la muerte.
No sé si sea normal. Temía que mis padres o hermanas murieran,
temía tener que ir a vivir con algún familiar extraño. No tenía
miedo a morir, sino a que alguien se me fuera. En muchos momentos en que estaba tranquilo, de pronto sentía un golpeteo en
el cerebro, un susurro que me recordaba que la tragedia estaba
a la vuelta de la esquina, como si ser feliz estuviera prohibido. Y
ya lo has visto, hasta ahorita no son historias tristes, pero todas
me duelen. No sé si es la comezón de la añoranza o el golpe del
remordimiento, pero miro atrás y duele. A lo mejor es porque
ahorita me es fácil ver por dónde se me fue escurriendo la felicidad.

Una tarde de agosto en el parque, justo unas semanas antes
de alguno de mis cumpleaños, recién terminamos de jugar fútbol. El día se iba entre las ramas de los árboles. Olía a verano,
a sudor, a elotes desgranados. Olía a paletas heladas. Recuerdo perfecto ese sentimiento de estar ahí sentado en el pasto
bajo un árbol, charlando aventuras, platicando de lo que juga-
ríamos mañana, sin que nada más preocupara. Era una tarde
perfecta, hasta justo ese momento en donde alguien dijo que
no iba a llegar a mi siguiente cumpleaños porque el mundo se
iba a acabar el siguiente viernes. Sólo me quedaban tres días

de vida. Sentí que esa noticia me había cambiado algo; de hecho creo que me robó mucho. Ahí, en esos segundos, fue como dejar la infancia y convertirme en un adulto de una manera ruda. Como si en ese instante creciera diez años y entendiera algo de lo miserable que la vida puede ser. Me quedé mudo. No sabía lo que tendría que hacer en esos tres días de vida que me quedaban. Pensé sobre mi mala suerte de haber nacido sólo algunos años antes del fin del mundo. Pensé que no iba a llegar a ser adulto y no iba a poder hacer lo que los adultos hacían. No parecía divertido morir siendo un niño.

Luego dudé si debía decirles a mis padres; avisarles para que se prepararan. Pero no les dije. Sentía una pena reconocer ese miedo, pero a la vez, eso no me liberaba de dejar de sentirlo. En esos tres días lo más que hice fue ver el sol. Ni siquiera tuve el ánimo de ir al parque. Me quedé en la terraza del departamento, disfrutando el murmullo de los columpios y las risas de algunos niños que muy seguramente no sabían que el mundo se iba a acabar. No quería ir al parque por dos motivos: uno; me daba pena que vieran el terror en mi cara; tenía la mirada perdida y una expresión de pánico. No quería vivir los últimos días de mi vida acusado de ser un miedoso, en el mejor de los casos. El otro motivo era que deseaba estar cerca de mis padres para disfrutarnos esos últimos días y por si sucedían cosas extrañas.

Veía el sol y me preguntaba cómo algo tan poderoso se iba a terminar, pero ni siquiera tenía el valor para pensar la forma del final, mucho menos de preguntarle a alguno de los otros niños. Fueron los días que más miedo he tenido. No podía pensar en otra cosa. Tan feliz que era antes de saber esa noticia. Lo más triste es que no hice nada para disfrutar más esos últimos días. Morí desde antes. No hice nada, como si fuera un adulto. Sólo esperé a que pasaran las cosas. Pero nada sucedió, y no me fue tan fácil deshacerme de ese sobresalto, me quedó un raspón en el alma, el susto me cambió.

Hubo otra ocasión en donde escuché una charla de adultos hablando de apariciones, de espíritus que llegaban en la noche a mover las sábanas a sus conocidos, y a mí que ya se me habían muerto varios familiares. Lo comenté en una comida con mis papás, después de que mis hermanas se levantaron de la mesa, y lo platiqué con un tono extraño de cuestionamiento e incredulidad a la vez, con las ganas de que negaran todas las versiones e historias que había escuchado. Muy desafortunadamente mi madre dio una respuesta bastante confusa; creo que quiso contestar con un toque religioso, pero luego mi padre se rió de una forma extraña. Algo dijo en el momento equivocado y sus respuestas parecieron confirmar las historias en lugar de negarlas.

No te puedes imaginar lo difícil que fue ir a la cama esa noche y mucho más las siguientes. Sentía que los espíritus se habían enterado de mis miedos y sólo esperaban que cayera dormido para irme a tocar. Empecé a sufrir en la oscuridad; empecé a tener insomnio. De pronto, todo era difícil: dormir en la noche y estar despierto en el día. Oriné sábanas y prendí focos. Inventé oraciones. Me sentía solo; me sentía ahogado por un miedo estúpido que cada vez me infectaba más. Doblaba mis pies bajo las sábanas para que no estuvieran cerca de la orilla. Veía caras y siluetas en el techo; las paredes ya estaban chorreadas de pavores. Y no podía decir nada a nadie: éramos sólo mis miedos y yo dándonos con todo. Dudé si tenía alguna enfermedad, de esas en que escuchas voces en tu mente todo el tiempo. Yo escuchaba una voz que me amenazaba, incluso en ocasiones hasta se burlaba de mí. Y todo por haberme levantado una noche por un vaso de agua y haber escuchado a unos adultos contar esas historias. Quería que las noches pasaran rápido y que los días se alargaran. Mi paz se extraviaba con la partida del sol. Sentía que había un clan de espíritus esperándome cada noche. Con el tiempo, mi mamá se enteró; mi falta de apetito y el cambio en algunos comportamientos le habían avisado. No batalló mucho para sacarme la información; después de decirle la primera verdad, las otras fluyeron como agua. Una oración especial, una charla con un sacerdote, agua bendita a mí y a mi cuarto. Pero no funcionó de manera instantánea. Pasaron las noches necesarias para que a mi edad, de niño, no sé, creo que de nueve años, me diera cuenta que no sucedía nada, y así, poco a poco, tarde a tarde, noche a noche fui olvidando, hasta que capté que nunca me pasaba nada. Lo que sucede es que a esa edad lo que decía mi mamá siempre era verdad, y esa ocasión la confusa respuesta me había mandado a un infierno terrenal, en el que ni un solo espíritu habitaba. Conmigo sólo tuve. Y no pasó nada.

Y así seguí sufriendo con miedos que no terminaban en desgracias. Algo de suerte habría de tener; por muchos lados sucedían tragedias. Quizá sí era tanta oración de mis padres y abuelos. Quizá tanta felicidad sí es posible. Y de una forma u otra me iba recuperando, superaba temores, aprendía, iba creciendo. Iba aprendiendo a golpes.

Una mañana de verano, cerca del último día de clases, me desperté y no me pude levantar. No tenía fuerzas. Mis brazos y manos estaban inflamados. Apenas pude ver la cara que puso mi madre. El termómetro arriba de cuarenta. ¡Vamos Mateo! ¡Despierta! Escuchaba a mi mamá a lo lejos, como en un sueño. Mi cuello no soportaba mi cabeza. Tenía un frío que me quemaba. Sentía que el techo me había caído sobre los huesos. Levantar los párpados era todo un reto. Toallas húmedas por todo el cuerpo, mareos, zumbidos. Me desmayé.

Abrí los ojos. Estaba en un hospital, con una enfermera luchando con una espada contra una vena en mi muñeca derecha. El cuarto estaba desolado, olía a sudor y alcohol. A la enfermera se le hinchaban las venas de la garganta al gritar. Todo estaba gris, parecía que una gran nube oscura había entrado. Como si el sol hubiera huido. Escuché el motor de un refrigerador viejo que estaba en una esquina. Una mosca chocaba en la ventana; quería escapar. La enfermera tenía la piel gruesa y de color marrón; no había un gramo de compasión en su mirada. Y yo, que no encontraba a mis padres, me sentí solo. La mosca no se animaba a verme; seguía luchando contra el vidrio y yo contra el frío. Las paredes se movían. La Sierra Madre había desaparecido de la ventana. No había ni un globo, ni un reflejo de esperanza. Temblaba de frío y mis testículos estaban enormes. Entró mi madre y no le pude hablar. Apenas pude tomarle la mano y sentí su calor. Su aroma difuminó un poco el del alcohol. Y luego le perdí control al tiempo. Y vi pasar caras, cuerpos, señoras. Todos se acercaban con lástima maquillada en su cara. Unos me tocaban el brazo, otros la frente, otros el cráneo. Los días se peleaban con las noches. Yo seguía ahí tendido, con un pavor de preguntar por qué mis testículos estaban tan grandes, por qué mi cabeza latía como corazón, con una vergüenza cada vez que entraban dos enfermeras y me tocaban, entre las dos, el escroto. Buscaban mis testículos. En ocasiones olía a filtro viejo del aparato de aire acondicionado y a caldo de pollo desabrido. A lo lejos escuchaba taladros perforando el asfalto de las calles. Como si estuviera borracho, no podía retener la información que me decían los adultos, no recordaba ni siquiera lo que había dicho previamente.

A veces sentía que mi cabeza giraba y me daba la vuelta completa. Soñaba que un dragón entraba por la puerta y me bañaba de fuego. Me despertaba lleno de sudor y veía a mi mamá dormitar en el sillón de al lado. Sentía mi cabeza enorme y nadie me quería prestar un espejo. Trataba de enderezarme para buscar mi reflejo en la ventana pero no tenía fuerza ni para eso. Las enfermeras me seguían buscando los testículos; yo seguía buscando mi reflejo. Mareos. Debilidad, inconsciencia constante. Me dolía el estómago, los olores me causaban asco, tenía acidez estomacal. Como si el dragón se me metiera por la boca hasta el estómago, diera ahí unas vueltas y saliera con furia buscando el aire exterior. No comía, no tomaba nada: todo a través de la vena. Las caras de los familiares y algunos amigos de la escuela, cuyos nombres no recordé en ese momento, iban apareciendo cada vez más tristes. Quería fingir una sonrisa y acababa haciendo un sonido raro que parecía más un pujido. Una tía me preguntó cuál quería que fuera la última palabra que ella me dijera. No entendí. Después llegaron otras tías y, con el rosario en la mano, se despidieron de mí. Con los días, aparecieron algunos globos y juguetes en el cuarto, yo veía todo gris. La gente se estaba despidiendo de mí.

Y cuando entendí, el miedo me dejó mudo por completo. Luego decidí no intentar hablar más.

Sentía que el taladro que usaban en la calle ahora estaba incrustado dentro de mi cráneo. Y me desnudaban todos los días, y me bañaban todos los días, y las enfermeras tocaban mi escroto. Y yo sentía pena que me vieran desnudo. Y mi mamá siempre cerca. Y mi papá más delgado. Y mis hermanas no habían aparecido en días.

En los ojos de mi madre, que olían a jazmín, encontraba la paz. No tenía que decirme nada. Si me veía estaba todo mejor. Era una mirada poderosa. Viendo sus ojos todo era posible.

El día que pude escuchar mejor fue cuando me animé a preguntar si iba a morir. El doctor me explicó que mi cerebro se estaba inflamando, que los motivos podían ser muchos. Luego, con un tono de voz diferente, dijo que todo iba a estar bien, y miró a mis padres. Pero así me había dicho el abuelo cuando el choque de mis papás. Ya conocía ese tono de todo va estar bien de los adultos; ya conocía cuando se miraban así. Y no le creí. Algo estaba muy mal. No temí. Me dio tristeza. Me dolió, mucho más que mi cuerpo, ver cómo la pena impregnaba a mis padres. Nunca les había visto esas caras. Les empecé a agradecer todo lo que habían hecho por mí. Y las piernas me comenzaron a temblar. Mi padre contenía el llanto. Y mi madre se enojó. Y me dijo que no. Me dijo que me callara. Inició a decir frases con la palabra jovencito. Óigame no, jovencito. Y me empezó a hablar de usted. Y corrió a gritos a una enfermera. Y empezó a maldecir. Que se vaya a la chingada lo que dicen todos. Y que todo iba a estar bien. Que le hiciera caso. Que rezara. Que le pidiera a la Virgen. Que le ofreciera el dolor a Dios. Pero yo no le entendía eso. No sabía cómo ofrecerle el dolor a Dios. No sabía por qué Dios permitía tanto dolor y luego se lo tenía que ofrecer a Él mismo. Del pasillo llegaban llantos; se escuchaban murmullos y gritos desesperados. Yo esperaba que no lloraran por mí. Las penas se querían meter al cuarto y mi mamá las corría a gritos. La mosca chocaba con más furia contra la ventana. Y mi mamá bajaba santos. Cantaba salmos. Los globos se movían levemente.

Seguía el desfile de familiares a quienes tenía años de no ver y cuyos nombres no recordaba. A otros jamás los había visto. Una tía nefasta me dijo que si moría, le dijera a su marido que aún lo amaba y que la perdonara. Ante tanta locura me hacía el mudo y el sordo. Decidí sólo hablar con mis padres.

También vomité, me causaba un extraño placer. Parpadear provocaba un caos en mi equilibrio. Todo se movía, y el taladro en la cabeza atacaba con más furia. Y mi madre no paraba de rezar, seguía hablándome de jovencito, me daba órdenes, me pedía fortaleza, me pedía que luchara. Empecé a llorar por no entender nada. No sabía por qué estaba ahí. No sabía qué lo había causado. Que si unos tacos de trompo de Los Rieles. Que si comida de la calle. Que si los tacos de papa que compraba en el recreo. Que si los baños de la escuela estaban asquerosos. No sabía cómo ofrecer mi dolor; y no sabía cómo luchar. No sabía qué hacer. Me dolía parpadear. Batallaba para mantenerme despierto por más de diez minutos. Y lloré. Hasta que entró un sacerdote; vestía todo de negro y sólo algo blanco en el cuello. La cara le cambiaba, de pronto veía el rostro de Michael Jackson en él. Ahí paré el llanto. Me acordé de los hermanos lasallistas de la escuela. Me dieron ganas de callar a todo el pinche hospital. El sacerdote hablaba otro idioma. Mi padre le gritaba a la enfermera. Alguien desde el pasillo preguntaba si todo estaba bien. Me dieron ganas de que ya no hubiera llantos. Que ya no rechinaran las ruedas de las camillas transportando cadáveres. Deseé poder bajarme de la cama. Veía dos cuervos parados en la cornisa de la ventana. Quería soltar puñetazos a las enfermeras y doctores. Le propuse intercambios estúpidos a Dios con tal de dejar de ver sufrir a mis padres. El sacerdote me puso su grande y blanca mano en mi frente. Y atrás mi mamá oraba, murmuraba, como cuando íbamos en carretera. Mi papá caminaba de un lado a otro sin dejar de verme ni un instante. Mi mamá me pedía que no cerrara los ojos, y ofrecía hasta su vida por la mía. Sentí que el techo se me venía lentamente encima. Yo no sabía lo que era dar la vida por otro. Con cada oración, el techo bajaba unos centímetros. Se pintó de negro. Yo no sabía lo que era morir. Se llenó de telarañas y seguía bajando lentamente. Yo no sabía lo que era luchar para mantenerme vivo. Se llenó de grietas. ¿Cuál sería la última palabra que le escucharía a mi mamá? Yo no sabía realmente lo que era que el mundo terminara. Mi mundo. Los cuervos golpeaban lentamente el vidrio con su pico. Tic. Tic. Tic.

Y temí cuando escuché ángeles cantar. Se oían los violines, algunos gritos, un redoble de un tambor que repartía suspenso a la par de un trompetazo. El sol se animó a entrar, pareció que rompía las ventanas. Un grueso rayo pintó el techo de dorado y de luz. Las nubes entraron; poco a poco me ahogaban. El techo ya estaba casi en mi nariz. Entre las nubes pude ver unas batas de doctores que llegaron corriendo al cuarto. Los gritos de pánico de mi madre se mezclaban con el canto de los ángeles. Me dolía verlos sufrir. Entre las nubes, el techo dorado lleno de luz, los cantos y los llantos, luchaba por no cerrar los ojos. Supuse que eso era luchar por mi vida. Supuse que cerrarlos era morir. Pero no pude. En mis párpados había kilos de historias, kilos de motivos, kilos de desgracias, kilos de injusticias, kilos de humanidad, kilos de realidad, kilos de destino, y no pude contra ellos. Me vencieron y se cerraron.

Al cerrarlos todo calló. Mi cuerpo se me perdió. El dolor se fue. A lo lejos escuchaba la misma música. Me sentía liviano. Sentía sin poder ver. Y supuse alguna entrevista, y no pude organizar ninguna respuesta. Sentí nubes tocándome mientras luces me rodeaban.

Pasaron varios días, hasta que una mañana abrí lentamente los ojos, ahí estaba mi mamá sonriendo. Las paredes del cuarto estaban doradas; había cientos de flores. Globos por todas partes. En su rostro estaban todas las respuestas que necesitaba; se veía la Sierra Madre en la ventana. Toqué mi escroto y sentí mis testículos en su lugar. Ya no había taladros en mi cabeza. La única indicación del doctor fue que no corriera en las siguientes semanas.

Al salir del cuarto, lo primero que hice fue correr.

En ese pasillo largo del hospital, en donde un piso de mosaicos negros recogía confesiones de tantos moribundos, al lado de esas paredes que cargaban tantos llantos, ante ese techo en donde tantas miradas tristes se habían perdido, justo ahí, sonriendo, corrí. Brinqué con los brazos en alto, como festejo de gol en la final de un mundial, y me dirigí al sol, a la luz.

Lo malo es que, aun de niño, el tiempo hace mal. El tiempo es cruel.

Muchos soles se colapsaron, y apareció de nuevo una voz que me cuestionaba tanta felicidad. Ya había olvidado todo. Una mañana, la rutina ganó y me hizo olvidar los sueños. Un día, la felicidad se me fue escurriendo, justo entre mis dedos.

VI

A partir de los trece años, cada año que pasaba era como si fuera una década nueva. Era como si fuera una persona nueva entrando a universos diferentes. Los catorce años se trataban acerca de: las mujeres, la música y los bailes. Ahora había que aprender a bailar. Desempolvar un estéreo viejo de mi papá. Tenía que vencer el miedo a hablarle a las mujeres. Después de tantos años en la escuela solamente con hombres no era fácil. Cumplir los catorce era como haber llegado a una isla nueva después de un naufragio, y estar justo en la orilla de la playa contemplando la brillante vegetación de la solitaria jungla, ilusionado con adentrarme a la sombra y a la humedad, sin saber un carajo sobre lo que realmente me iba a encontrar adentro.

Eran tiempos en que empezaba a entender tantos años de burla por el uso de mucho gel en el cabello. Empezaba a reclamar el estilo de alguna ropa que me compraban. Eran tiempos nuevos. Todas las mañanas peleaba con mi mamá por evitar el peinado con el apartado por un lado y medio kilo de gel embarrado en mi cabeza. Desde primero de secundaria mis compañeros me recibían preguntándome si me había lamido un burro, y todos se burlaban; lo peor es que yo no entendía el comentario.

No había dinero para ropa de marca. En esa edad aún no me importaban tanto los pantalones o las camisas, eran más importante los tenis.

También eran tiempos en que, muy a mi pesar, se confirmaban los conocimientos de mi mamá. Y su predicción de que no sólo en el parque habría peleas, se había cumplido. Nos cambiamos de casa a una colonia sin parques, por lo tanto con pocos niños. Aun así no faltaban oportunidades para que surgieran peleas: en una tardeada con las alumnas de una escuela de monjas, en un partido de béisbol, con algún vecino nuevo, o en alguno de los bailes de quinceaños. Y a mí que no me gustaba pelear; se me hacía tan estúpido.

Estaba por asistir a mi primer baile de quinceaños. No iría con mis amigos, iba a ir solo, porque la festejada era hija de una amiga de mi mamá. Se llamaba Blanca Mónica; la conocía de las clases de inglés a las que iba en la tarde. Era bella y amable conmigo. Su cabello negro y largo le brillaba portentosamente. Si yo creía que en la secundaria había sufrido burlas, vergüenzas y ridículos, el que estaba por sucederme esa noche en mi primer baile de quinceaños iba a ser memorable.

Todo empezó mal esa noche. No pude evitar el kilogramo de gel en mi cabello. A pesar de que al bajarme del auto de mi mamá me desarreglé con toda intención el cabello, apestaba a gel barato y mi peinado era un caos. Mi madre me ordenó llevar un pantalón de vestir color gris; era uno que jamás había usado, me quedaba corto de las piernas. Me dio una camisa de manga corta, que, a juzgar por el diseño de rayas horizontales de diversos gruesos, supongo que había sido de mi padre en su infancia. Pero lo peor fue que me dio un regalo.

Mi madre había comprado un regalo para la festejada ¿quién carajos hace eso? ¿Quién lleva regalos a los bailes de quinceaños?

Digo, eran los ochenta, pero a menos de que fueras una tía abuela solterona, quizá entonces sí se omitiría una burla por llegar con regalo a un evento de esos. Pero yo era un adolescente de catorce años que jamás había ido a un baile, y que a la única persona que conocía esa noche era a la ocupada quinceañera. Y vestido y peinado así, cargando una base de terciopelo negro con un plástico transparente forrando algún regalo que ni siquiera recuerdo, con una loción de una década anterior, así me dejaron en el Club Palestino Libanés.

Yo ni siquiera había pedido ir. Y, pues, subí tímidamente las largas escaleras del lado izquierdo. Desde ese momento empecé a acaparar las miradas de todos, índices me apuntaban, escuchaba burlas. Entré al salón del segundo piso, y como si yo fuera miel y todos esos ojos de mi alrededor, abejas. Mi mamá me había dicho que debería de haber una mesa entrando, especial para colocar los regalos, obviamente no había nada. La busqué por todos lados, me era urgente deshacerme de ese paquete. Giré trescientos sesenta grados y no había un lugar donde podría dejarlo. Me veían tanto que pensé que tenía la bragueta abierta. Entonces lo único que se me ocurrió fue buscar a la quinceañera.

La encontré bailando en el centro de la pista. Pasé entre el tumulto lleno de carcajadas y agresiones. Blanca me saludó con una sonrisa enorme. Recibió el regalo, intentó recriminar a los burlones, aunque sólo controló a algunos cercanos. Me tomó de la mano y me sacó de la pista. Sentir su fresca mano en la mía fue un bálsamo. Sentí placer que una mujer entrelazara su mano con la mía. Era un nuevo universo. Me llevó a la mesa en donde estaban sus papás, a quienes también conocía; a su mamá le decía tía, así le decíamos en Monterrey a las mamás de los amigos. Mi tía puso una cara llena de ternura al ver mi osadía. Blanca volvió a la pista, mi tía a su silla y yo no supe qué hacer.

Aun sin el regalo, las burlas seguían. Pasaban y me preguntaban si no había llevado uno para ellos, y me daban un empujón en el hombro. A esa edad, un año parece una década; me sentía fuera de lugar. Acabé aislado en una esquina del salón viendo el reloj cada cinco minutos, esperando que la noche corriera rápido, pero el tiempo es muy necio. Fui al baño, y justo al momento de orinar, un muchacho de quince años me empujó sobre el mingitorio, me reclamó haberle tomado la mano a Blanca. Dijo que ella iba a ser su novia. Descubrí lo difícil que es intentar interrumpir abruptamente una orinada. Me sostuve con las manos para no irme de frente, por lo que solté la bragueta y mojé de orina mi pantalón. Como pude volteé y mientras me acomodaba mi pantalón, me aventó agua del lavamanos, mojándome la camisa y aún más el pantalón. Eran tres. Eran enormes. Eran de quince años. Salí del baño, volví a la esquina del salón y ahora daba la espalda a la pista. A través del oscuro ventanal buscaba la eme de la Sierra Madre, deseaba estar en mi cuarto, solo.

Estaba a años luz de pensar que en una fiesta como ésa, tuviera el valor de invitar a bailar a alguna muchacha. Intenté pedir un refresco en dos ocasiones, pero hasta los meseros me ignoraban. Y de pronto sentí un cosquilleo. Y me pregunté qué pasaría si sacaba a bailar a Blanca Mónica. Siempre había sido buena amiga, de seguro aceptaría con gusto, quizá hasta me enseñaría a bailar. Sería un gran momento de redención de mi orgullo e imagen. Sin embargo, pensé que los muchachos del baño me buscarían de nuevo,

73

justo después de bailar con Blanca. Y temí. Y no bailé. Esa noche fue la primera vez que tuve problemas por temas relacionados con las mujeres.

Era el inicio de muchas historias en las que se incluían hermosas mujeres y problemas con hombres estúpidos. La mayoría de las veces, yo ni me enteraba hasta que de pronto llegaba un grupo de muchachos a buscarme, o cuando veía venir un puñetazo a mi cara, o hasta que recibía una amenaza de un ex-novio. Por ejemplo, un fin de semana de un retiro vocacional, iban invitadas también las alumnas de la escuela de monjas. Ahí conocí a una chica. Me sentía poderoso, yo me había acercado a preguntarle su nombre. Era de las más guapas. Tenía un cuerpo delgado pero ni siquiera me acuerdo de su nombre. Su sonrisa era majestuosa, como un amanecer perpetuo. No nos separamos en todo el fin de semana. No parábamos de vernos. La última noche, frente a una fogata, tomó mi mano, y el cielo lleno de estrellas se me vino encima. Para el domingo en la noche tenía su teléfono y estaba totalmente enamorado. Casi no pude dormir, no dejaba de recordar la sensación de su piel. El lunes en la noche yo tenía una llamada de un muchacho desconocido: su novio. Que si le llamaba o que si la volvía a ver, me iba a poner una chinga brutal. Que tenía dieciocho años. Que me seguiría checando. ¿Por qué madres? ¿Por qué fui tan ingenuo? ¿O no lo fui? ¿Todas las mujeres hermosas serían así? Entonces me tuve que desenamorar rápido. Vivir con el miedo de ser perseguido por un grupo de imbéciles de dieciocho años no era una buena idea. Y la tuve que olvidar.

Otro verano, en un campamento, conocí a Martha. Jugaba tenis, básquetbol y cualquier deporte, lo cual la hacía más atractiva. Después de una semana nos juramos ser los mejores amigos, cosa que es imposible para un hombre a cualquier edad, mucho más a los catorce años. Ella decía que yo era su mejor amigo, yo pensaba que ella era el amor de mi vida. El campamento terminó con un baile en el gran salón del Club Deportivo San Agustín, después de una semana en que todas las mañanas las pasamos juntos, en que fuimos la pareja invencible en básquetbol y hasta en tenis. Supuse que no había mejor forma de terminar la semana y de empezar otra etapa que invitándola a bailar.

Su cabello chino se alborotaba con el rock and roll ochentero. Para mi fortuna, rápido llegaron las baladas. Con mi mano derecha en su cadera y mi izquierda entrelazada con la derecha de ella, me sentía grande, afortunado. Sentía todos los problemas resueltos, quería que todos los que se habían burlado de mí por años me vieran bailando con la más hermosa del club. Sonaba *Heaven in your eyes* de Loverboy, cuando sus ojos le cambiaron, se nublaron, y por primera vez vi algo que no era el sol en su mirada. Me soltó la mano, dio un paso atrás y me dijo: Corre, ahí viene mi novio. ¿Que, qué? Imagina mi cara. Me quedé paralizado. De pronto su rostro de princesa se había convertido en el de una bruja malvada. ¿Cómo que tienes novio? Ya no dijo nada. Giré y vi cómo se acercaba un grupo de güeyes hacia mí. Se alcanzó a escuchar un murmullo. Intenté huir. Un amigo me gritó que me lo había advertido. Logré perderme en la pista, después entre las mesas, para finalmente salir corriendo del salón, pero afuera había más amigos del novio.

No pasé de las grandes escaleras de la entrada al club; entre tres me detuvieron mientras el novio regresaba. Fácilmente tenían como diecisiete años; era imposible zafarme o negociar con ellos. Además, quería decir algo, pero la voz no me salía. Tenía miedo. Preferí quedarme callado. No por valiente, sino porque mi voz iba a parecer un llanto; los dientes me chocaban. En seguida, llegó el novio acompañado de una banda de hienas que olían la sangre a través de salvajes y descompuestas carcajadas. Mientras dos de sus amigos me detenían por la espalda, el novio me saludó con un rodillazo al estómago que me hizo doblarme. Ni siquiera pude terminar de pensar si era bueno decirle que yo no sabía nada, que su novia era la que había causado todo, cuando recibía una patada en la cara, como la de un caballo montado a la fuerza. Con mi sangre al aire, se me fue la esperanza de que cualquier palabra o acto me salvara esa noche. Creo que hubo varios golpes más. Terminé en el piso en posición fetal, llorando y sangrando. Y ahí tirado la recordaba, pensaba en las sonrisas que me había regalado esa semana, en todas las sensaciones que había conocido por ella, pensé que hacía unos minutos la tenía tomada de la cadera y de la mano, y ahora estaba retorcido en la banqueta, con el orgullo destrozado.

Al parecer el mensaje era claro: conocer mujeres me iba a traer problemas. La siguiente semana ya estaba en mi primera clase de karate. No iba a poder pasar mi juventud sobreviviendo una pelea por cada mujer que conocía. El maestro sonrió cuando me escuchó decir que mi motivo era hacer ejercicio. Se acercó, me señaló los moretones en mi cara y me dijo: Ya no habrá más de eso.

Pasaron semanas en que no entendía cómo de pronto el dominio de ese arte marcial me iba a surgir, hasta que capté que sería a golpes. Después de algunos meses de aprendizaje vinieron los combates cada jueves. Al finalizar cada pelea, el maestro nos explicaba cómo mejorar. En un jueves le perdí el miedo a los golpes. Podía recibir una patada voladora en la cara, y lo único que dejaba era un dolor momentáneo, ya no dejaba temor ni susto.

Como si fuera película, a los pocos meses hubo un torneo. Era en el lujoso y bien iluminado gimnasio del mismo Club San Agustín, con una enorme cancha de básquetbol, la misma en la que había jugado con Martha. Mi primer combate era contra un cinta verde; un muchacho de mi clase, grande, fuerte y presumido, Adrián, El Güero. A pesar de que había otras cintas más elevadas en la clase, él era al que todos temíamos. Hacía cada grito con tal estruendo que te estremecía. Ya me había puesto varias golpizas en los combates de los jueves. La buena noticia era que el combate sería a tres puntos, lo peor que me podía pasar era tres duros golpes y listo. Y me acordé de Miguel recibiendo su trofeo de campeón nacional, y me acordé de cómo había él peleado en el parque, luego volvía a mi realidad, en la que básicamente yo sólo sabía dos tipo de defensas, dos golpes y dos patadas. Enfrente tenía al Güero de la cinta verde, en mi cintura una cinta blanca, y dentro de mí un pavor enorme.

¡Kiiiaaa! Gritó El Güero tras el aviso del juez. Hizo varios movimientos extraños y por demás estrafalarios antes de avanzar como el viento y plantarme mi primer golpe, y punto en contra. Lo sentí igual que uno de las prácticas de los jueves. A un lado, el maestro sonreía; yo no sabía por qué, pero sonreía. Ya no eran como los golpes en el parque, ya no eran como los golpes del novio de Martha, este era un simple golpe más, cuyo dolor desaparecía casi al instante. De eso, a yo poder acertar un buen golpe, creía que aún faltaba mucho tiempo. Más movimientos exagerados de El Güero y otro punto en contra. Ni recuerdo dónde fue, no me dolió. Me dio coraje verle su rostro inundado de burla. Reinició el combate y El Güero empezó a gritar y a avanzar rápidamente hacia mí. Yo me mantuve fijo, tratando de no cerrar los ojos, con mi defensa básica y con la plena certidumbre de que me venía el tercer punto en contra, sin tener la mínima idea de dónde lo recibiría. Fintó que iba con un puñetazo arriba, a la cara, y metió una patada cruzada, una barredora. El problema fue que la metió a la pierna de atrás, a la que es la base, que está fija y recta al piso, por lo tanto se escuchó un tronido extraño. Yo sentía que algo me había arrollado y mientras iba cayendo, escuché que el juez lo descalificaba por golpe prohibido. El maestro corrió del gimnasio a El Güero y, mientras me ponía hielo en la rodilla, me dijo que había ganado mi primer combate oficial.

¿Por qué El Güero decidió darme un golpe prohibido? No sé. ¿Por qué Martha no me dijo que tenía novio? No sé. ¿Por qué mi mamá me había mandado con regalo a mi primer quinceaños? No sé. ¿Por qué daba miedo recibir golpes? No sé.

Lo que seguía era el combate de la segunda ronda del torneo. Imaginé que el ganar ese trofeo me redimiría, me libraría de todos los posibles futuros problemas que tendría; nadie querría pelear con un campeón de karate. Pero pues eso no iba a suceder. Mi segundo combate era contra un cinta café; se llamaba Víctor, y por casualidad, también era de mi clase. Él era el nivel más elevado que había en nuestro grupo, y a pesar de sólo estar una cinta abajo de negra, no era arrogante como El Güero. Era experto en unas patadas voladoras con giro; te las ponía en la cara sin forma de poder evitarlo. Ahí estaba yo con mi cinta blanca, creo que un poco menos nervioso, en mi defensa básica. Quería atacar, quería saber qué se sentía escuchar al juez gritar un punto a mi favor. ¿Sería como meter un gol? ¿Qué tantos gozos había ocultos en el golpear? El instinto me hizo hacer algo de lo poco que sabía; el primer golpe que me habían enseñado, puño derecho que sale de mi costado, inicialmente con la palma hacia arriba y conforme se va extendiendo el brazo, el puño va girando hasta que, previo al momento del impacto, la palma ya está hacia abajo, el golpe más básico, acompañado de un tímido grito y un pequeño paso hacia adelante. Fue lo que hice y, para sorpresa de todos, el golpe avanzó entre los brazos de Víctor y fue a dar directo a su boca. Sentí como se le reventó su labio contra los frenos que tenía en sus dientes. Su sangre manchó mi mano. Y sí, sí es como meter un gol. El juez gritó fuerte mi punto.

No todos los días un cinta blanca le mete un punto a un café. A Víctor le dolió más el orgullo que el tibio golpe. Su sangre le manchaba su uniforme blanco y eso era un gran triunfo para mí. No me importó ver cómo le cambió su amigable rostro, sabía que se me venía una ristra de patadas voladoras justo a la cara, pero ya no me importaba.

Me llovieron patadas y golpes, sacó sus tres puntos y avanzó a cuartos de final, pero no me importó. Yo ya había ganado. Ya había aprendido. Supe que a veces me iban a meter golpes, pero ya no tenía miedo a recibirlos. Y a partir de ese día todo fue mejorando. Como si la seguridad en uno mismo se comunicara con un cartel en el pecho.

VII

En tercero de secundaria yo era como dos personas; una, la que subsistía en la escuela por las mañanas, otra; la segura y feliz por las tardes. Era época de decidir cientos de cosas. Tiempos de muchas amenazas. Que el primer beso nunca lo iba a olvidar. Que el tiempo me iba a quitar cualquier dolor. Luego decían que hay cosas que jamás se olvidan. La primera novia, la primera vez, el primer auto, el primer sueldo, el diamante, el primer matrimonio, el primer hijo.

Puros eventos, como si fueran niveles de videojuegos. Muchos retos y amenazas, pero unos ni fueron tan difíciles como los pensé, y otros tampoco tan fáciles como me lo habían pronosticado. A fin de cuentas, todo se pareció. Muchos caminos nuevos, intersecciones, decisiones. Muchas formas de fallar. Y todo se parecía a todo. El bien al mal, el mal al bien. La buena a la mala, la hermosa a la bruja. El amigo al enemigo. El dolor al placer. Todo se parecía, todo tenía algo de todo. Por las mañanas quería ser como el de las tardes, en donde me empezaba a ir bien con las mujeres, en el deporte y con los nuevos amigos. Pero la secundaria es muy poderosa y uno a esa edad es muy frágil.

En la secundaria, el hábito era sufrir por muchos motivos. Por la complejidad de algunas materias, la incompetencia de algunos maestros, el calor, las burlas. Por los baños asquerosos. Por la tormenta de preguntas que taladraban mi cerebro y que no podía resolver. Por los domingos en la noche y los lunes en la mañana. Por las tardes de lunes y miércoles dedicadas únicamente a las terribles clases de inglés. Por intentar pertenecer a algo, sin saber exactamente a qué. Por las tardes de lluvia que cancelaban todo. Sufrir por ver a mi madre llorar a solas. Por aprender a convivir con mujeres. Por intentar tener novia.

Eran tiempos en que me sentía cansado de siempre estar a la defensiva, de no confiar en quien parecía sonreír. Épocas en que descubría pequeños fraudes, pequeños actos de corrupción ante los que no hacía nada más que callar. Eran épocas en que el tiempo no se movía, estático como las montañas que rodeaban la ciudad.

Batallaba para entender los cambios en mi cuerpo. Luchar contra el ansia y la comezón que el acné causaba en mi rostro. Nunca traía dinero; por algún motivo mis padres creían que no era necesario comer nada a media mañana. Me desesperaba no poderme mover por mis medios a cualquier lado; a todas partes me tenían que llevar y evaluar mi destino. No me gustaba la ropa que tenía, pero no tenía idea de cómo mejorar mi estilo. Sin hermanos mayores no había referencia. Con oler la loción de mi padre era suficiente para saber que no debía intentar usar nada más de él. Si bajaba la guardia venía un golpe, real o metafórico. Algunas otras peleas causadas por malentendidos sobre alguna mujer. Y, finalmente, eran tiempos de sufrir severamente por amor, por el supuesto primer amor.

No sabía su nombre a pesar de que conocía desde lejos cada parte de su cuerpo. Siempre la veía desde el tercer piso. Ella iba en preparatoria, yo en tercero de secundaria. Conocía su rutina durante todo el recreo. Su cabello rizado combinaba perfecto con su cadera. Era delgada y ancha, lo cual provocaba un trasero hermoso. Sabía cómo tomaba el refresco, sabía su ritmo al andar, las puntas de los pies un poco abiertas en cada paso. Conocía sus diferentes sonrisas, peinados, combinaciones de ropa. Ese mes dejé de jugar fútbol en el recreo. Seguirla a tres pisos de distancia era lo único que hacía, como si fuera yo su satélite particular. No sé por qué fue ella. Sólo sé que no podía dejar de pensarla en ningún instante. Deseaba con ansia encontrarla en los bailes, pero las mujeres de preparatoria, sobre todo las de segundo año, ya no iban a esos eventos.

Algunos amigos se dieron cuenta de mi estado contemplativo, y entre burlas me retaban a que fuera a hablarle. Para variar hacía calor; los rayos del sol parecían pesados brazos de pulpo que se posaban sobre mis hombros, ni eso me importaba, con tal de poderla ver desde las alturas durante esos gloriosos veinticinco minutos del recreo. Un largo mes de secundaria, de aquellos tiempos en los que el reloj se movía muy lentamente. Envidiaba a los hombres de su edad que con toda naturalidad hablaban con ella. Yo soñaba con lograr tener esa edad y poder interactuar así con las mujeres. Divagaba sobre qué tan hermosa sería mi primera novia; definitivamente iba a tener que parecerse a ella. Un año me alejaba de esas posibilidades de acceder a estar en la escuela con mujeres, convivir con ellas, sonreír como le sonreían a ella, invitarles refrescos como lo hacían con ella, y, en el mejor de los casos, poder hacer mi novia a una de ellas. Tomarle de la mano durante el recreo enfrente de todos. Tener con quien compartir toda una noche de baile, una novia hermosa para bailar las baladas, para demostrarles a todos que no estaba tan pendejo como me lo habían hecho creer durante toda la secundaria. Para demostrarles que no era necesario saber pelear, o ser un experto en moda ni en peinados, ni siquiera tener buenas calificaciones. Sólo se necesitaba tener confianza en el momento adecuado, y yo estaba seguro de que mi momento pronto llegaría.

En el gran patio había unas bocinas colgadas en los techos y ocasionalmente ponían alguna música. En el recreo de una mañana de un miércoles de ese febrero, con el sol a plomo sobre mi lomo, el viento como navaja y la sequedad del ambiente como culpa terca, estaba viéndola, como lo había hecho las últimas tres semanas, y en el sonido local se empezó a escuchar una canción que decía: *Esta cobardía de mi amor por ella, hace que la vea como una estrella, tan lejos, tan lejos, en la inmensidad y no espero nunca poderla alcanzar.* A pesar de que siempre ponían música antigua que no venía al caso ni para el tiempo de recreo ni para nuestra edad, esa balada romántica estaba aún más fuera de lugar, sin embargo, para mí fue una descripción de lo que me sucedía, y quizá hasta una profecía de lo que me esperaba. El tono meloso y la música empalagosa quedaban perfectos con el sufrimiento por no tener el valor de hablarle a esa bella mujer. Como si me hubieran visto todo ese mes y me hubieran escrito la letra a mí. Pasó mi amigo Edmundo y con burla me dijo: Ya hasta canción les hicieron.

Esa tarde intenté conocer el nombre de la canción o del autor pero no encontré nada. Eran otros tiempos. Vencí la vergüenza para, según yo de forma muy disimulada, preguntarle a mi mamá por esa canción. Quería escucharla de nuevo, escuchar con atención toda la letra, comprobar si en esa canción estaban mis respuestas, mi destino, o instrucciones a seguir. Y ahí me tienes tarareándole la canción a mi mamá, sólo la melodía, para no tener que cantar la letra y revelar mi estado de enamoramiento, si es que no lo había ya notado. Con una sonrisa tierna me dijo que no reconocía la canción, y luego intentó disimular que gozaba ese momento y me pidió que le cantara la letra, y pues me aventé, y le canté las mismas líneas. Quise evitar, sin lograrlo, que me temblara la voz de la emoción que sentía al cantarla y pensar en ella. Esperaba que mi mamá conociera la canción y me la cantara completa. Mi madre sonrió emocionada, sólo recordaba las mismas líneas que yo. ¿La conociste en algún baile? Salí huyendo de la cocina. No volvimos a hablar del tema.

La siguiente mañana en la escuela; mismo lugar, hora, mujer, mismo sufrimiento, misma canción. Pasó otro amigo y dijo: ¿Y si ya le vas hablando? No vaya a ser que tenga una voz horrible. El siguiente fin de semana era la Carrera de la Amistad. Cinco kilómetros, saliendo de la Iglesia de Fátima, corriendo con una pareja tomados y atados de las manos con un listón rojo, ¿qué más podía pedir? La excusa perfecta para estar con ella y, además, tomarla de la mano. Sólo me faltaba tener el valor de hablarle, presentarme, esperar que no tuviera novio, que mis palabras fueran inteligibles, que me escuchara, que me creyera, que le gustara, que no tuviera nada que hacer el siguiente sábado por la mañana, que le agradara la idea de correr, que nadie se burlara de ella por correr con uno de secundaria, que me dijera que sí. Faltaba casi nada.

Lo más difícil era dar el primer paso, como todo en la vida. Y contra todos los pronósticos, e incluso aún sorprendido de lo que estaba haciendo, lo di. Caminé hacia la escalera. Ella venía saliendo del sombreado después de comprar unos fritos en la tienda, siempre se dirigía al bebedero que estaba justo al lado de las escaleras que yo iba bajando, iba a dar dos sorbos de agua y se iba a retirar. Todo lo hacía con ritmo, todo era una cadencia sensual, hasta la forma en que tomaba agua del bebedero: abría su boca, sacaba un poco su lengua y el arco de agua le rozaba los labios.

El tercer piso lo bajé a buen ritmo, seguro de lo que tenía que hacer. Desde arriba varios me observaban con envidia mientras se burlaban. Tenía cerca de un minuto para bajar los dos siguientes pisos, y aún alcanzarla en el bebedero, que era el único momento del recreo en que estaba sola. A partir del segundo piso, cada escalón era un precipicio. Sentía un hormigueo en los brazos y en los labios. Me mareaba al dar cada paso, pero no paré por completo. Me tomé del barandal, y una parte de mí parecía que quería huir al tercer piso y la otra seguía moviendo el cuerpo hacia abajo. El color negro de los mosaicos que pisaba era como una cueva sin fondo, cada paso que daba era acercarme a una nueva frontera, a unos nuevos sentimientos, a nuevos retos, nuevos placeres, nuevas vidas. A ella. Y entre más avanzaba, más me sorprendía; había una fuerza en mí que me movía, que incluso parecía ser más fuerte que yo. Una fuerza que me hizo recordar la primera mañana con los aparatos en la primaria. Una fuerza que, si me lograba seguir moviendo, me iba alejar de todos mis temores, de mis inseguridades, que a esa edad llenaban un lago. Una fuerza que me haría diferente a todos, que mientras toda la secundaria jugaba fútbol o vóleibol, me iba a llevar a ser el primero y el único que hablaba con una mujer de preparatoria. Además no iba a ser una charla etérea: iba a ser una invitación directa a una carrera, a fin de cuentas, a salir juntos. Además era ella, la reina del lugar.

Ella me iba a salvar, me sacaría del oscuro sosiego, del pesado yugo del aburrimiento de la pubertad. Se terminarían las burlas sobre mi peinado, sobre mi ropa. Se terminarían los golpes, los coscorrones, las camisas manchadas con pluma, los piquetes en las nalgas. Era tan simple, y por eso me sentía tan lleno de fuerza; era un momento único que podía cambiar mi vida. En las escaleras del segundo piso me di cuenta de lo trascendental que iba a ser la invitación. Me sentí más inteligente que todos mis compañeros que jugaban, caminaban o perdían el tiempo en el otro lado del patio. Sonreí al sentir que sería el primero en hacer eso y entendí la fuerza que me movía, entendí que quizá no era el amor, entendí que quizá no era ni la atracción por su hermoso cuerpo, entendí que, mayores a esas energías, eran mis ganas de salir del letargo de la secundaria, dejar de recibir burlas y empezar a ser respetado, incluso envidiado. Se sentía bien esa fuerza en mí. Los escalones dejaron de ser precipicios y ahora los sentía como fuertes rocas negras que recibían mis pasos. El descenso del último piso me hizo recordar el gol con los aparatos.

Pero en los últimos tres escalones, y ya a unos cuantos metros del bebedero, dudé si me estaba autoengañando y que justo en el momento final me retractaría, lo cual me llevaría a permanecer en mi vida gris que tenía en ese momento. Ella era mi escapatoria perfecta; con sólo unos segundos de valor y con muchísima suerte, podía, justo ahí, cambiar toda mi vida.

A pesar de la duda no me detuve, sentía años de rutinas y sosiegos empujándome en mi espalda. Salí de las escaleras, caminé hacia el bebedero, vi en el tercer piso de mi edificio todo el barandal lleno de compañeros de mi grado; los descarriados, los que no jugaban a nada, los que ni siquiera tenían un amigo o los que odiaban el deporte, todos y cada uno de ellos querían que yo fallara; mi falla les daba el material necesario para joderme al menos unos meses más. Carroñeros. El sol brillaba justo arriba del edificio, sus cabezas se veían como puntos negros. Algunos gritaron, otros escupieron.

Y yo estaba ya a sólo dos pasos de ella. Justo cuando terminaba de tomar agua, dio un movimiento brusco en su cuello hacia atrás para acomodarse su larga cabellera rizada, dos gotas de agua aún le pendían de la esquina de sus labios. De cerca era mucho más bella, brillaba tanto que parecía desaparecer. Algo habrá de haber visto en mi cara que al verme me sonrió, lo cual me puso aún más nervioso. Mis rodillas temblaban. No encontraba aire para llevarlo a mis pulmones y lograr respirar o aventar algunas palabras. Fueron como cuatro segundos en que no sucedió nada, en donde sólo nos veíamos llenos de expectativas, bueno, yo lleno de expectativa y creo que ella llena de sorpresa y, quizá, algo de lástima.

Tanto en juego, tanto desearla, tanta hermosura, tantas mañanas perdido en ella y ahora la tenía frente a mí, sonriéndome. Se escucharon algunos gritos y burlas desde el tercer piso. Y yo me estaba quemando en sus ojos. Alzó un poco sus pobladas cejas y suspiró fuerte dándome pie para iniciar la conversación. Me regaló una sonrisa llena de amaneceres, era obvio que no me iba a ser fácil emitir alguna palabra. Alguien le llamaba a lo lejos, lo ignoró y me seguía viendo. Fruncí el ceño intentando acomodar las ideas y encontrar el valor, y, contra todo pronóstico, suspiré fuerte y dije hola. Su sonrisa creció un poco más, con tintes de ternura; aunque yo no quería ternura, en ese instante estaba bien si eso le iba a llevar a aceptar. Su voz era acorde a su belleza, ronca, llena de una energía armoniosa. Los segundos revoloteaban alrededor nuestro y no podía emitir sonido. Era tan gratificante estar frente a ella, tan bella, tan feliz, tan plena, tan segura. Y yo que era tan diferente a eso, metido en los mares de las burlas, las peleas y el pinche afán de joder que muchos tienen a esa edad. Pensé en explicarle cómo su sí me cambiaría la vida, pensé en explicarle tantas burlas, golpes, peleas, tanto caos, calor, tanto descontrol que había en ese tercer año de secundaria, y explicarle cómo podía ella cambiar no sólo mi realidad sino mi futuro; sin embargo, rápido concluí que eso no era de caballeros, al menos del tipo de hombre en el que deseaba convertirme y que, al parecer, ahí se empezaba a forjar. Y decidí ser honesto con ella, conmigo, y con todo lo que sucediera después.

Sus amigas la llamaban, arriba seguían las risas de las hienas, dos escupitajos cayeron cerca, y ella no me dejaba de ver. Con unos gestos me invitaba a seguir la conversación, pero su olor me había robado el habla y sus labios el oxígeno. Y cuando estaba empezando a decirme que se tenía que ir con sus amigas, aventé una frase de forma apresurada, empalmé las sílabas, acentué mal algunas palabras, omití unas letras, no lo dije como lo había planeado, pero entendió, sonrió aún más, lo cual bajó el sol al patio, y entre brillos, reflejos y sonrisas dijo que sí. Se despidió con un beso en la mejilla que me dejó electrocutado, y mientras se retiraba volteó al tercer piso y asintiendo con su cabeza y moviendo el dedo índice les avisó a las hienas que había dicho sí a mi invitación.

¿Cómo no amarla aún más en ese instante? ¿Cómo no querer tocar el sol? Después de un minuto inmóvil, incrédulo, con el ruido del agua del bebedero a un lado y lleno de placer, logré moverme, volteé al tercer piso y ya todo era diferente. Todo había cambiado, así de simple. Había escalado millones de peldaños.

La carrera era en dos días. Compartí con entusiasmo mi logro en la casa. Necesitaba dinero para la inscripción, el problema era que ya no había boletos en ningún lado. Mi mamá me llevó a cuatro lugares, hizo varias llamadas y no había nada. Agotado. Sugirieron que la corriera sin registro, lo cual era vergonzoso. Mi mamá ofreció hacer el listón rojo con el que les unían las manos a los participantes, obvio que no acepté. En la noche mi papá me llevó a otras dos tiendas deportivas, para descubrir que no había boletos en ningún lado. Agotados los boletos. Agotado yo. Un día de mucha adrenalina. Fui a la cama con una mezcla de orgullo, felicidad y preocupación. Pensé en las hienas burlándose, pensé en perderme la posibilidad de estar con ella. Batallé para dormir, veía su silueta en cualquier reflejo. Después de haberla conocido, no me iba a bastar quedarme con una ilusión. No me iba a bastar esa conversación ni ese beso en la mejilla. Su aroma se me había metido. Ya la pensaba sin darme cuenta.

A la siguiente mañana, aún no abría los ojos y ya la había pensado tres veces. Era una mañana perfecta, de esas que ya no hay, de las de dieciocho grados centígrados, de las que los grillos se carcajean y el sol se regodea con rayos anchos, de esas que huelen a jazmín. Giré a ver el despertador y sobre él había dos números para la carrera. Brinqué de la cama y miré por la ventana, hacia la montaña, hacia el cielo. Salí corriendo, afuera del cuarto me esperaban mis padres con una gran sonrisa.

El mejor viernes de mi vida. Nada importaba; ni la incapacidad del maestro de matemáticas ni que el de inglés comiera en la clase y hablara con la boca llena de alimento. Ni que la maestra de química interrumpiera su clase con un llanto extraño. Ni siquiera si había examen de matemáticas ese día, o si no supe ninguna de las tres preguntas que el maestro de civismo me hizo. No importó que fue el primer día sin ningún tipo de burlas. Tampoco importó que el maestro de física se hubiera enterado de mi asombrosa invitación y en medio de la clase, frente a todos, me hiciera una felicitación un poco sarcástica, diciendo que lo había sorprendido rotundamente y que esperaba que no hiciera alguna estupidez el día de la carrera. Simplemente nada importaba. El peinado no era lo único nuevo que traía. Dos nuevos amigos me dieron una palmada al arrancar las clases. Unos no me aguantaban la mirada, otros me veían de reojo. Y algunos más me veían con admiración, como si trajera una medalla olímpica al cuello. Estaba por llegar la hora del recreo y yo no quería charlar con ella; me daba miedo que me cancelara o darme cuenta que todo había sido una fantasía. Llegó el recreo y ahí estábamos de nuevo, y al lado del bebedero con otro beso en mi mejilla me confirmó que todo era real. Batallando para controlar la emoción y ocultar mi erección, acordamos el lugar y la hora para el sábado. Se llamaba Valeria.

Sólo era cuestión de esperar a que se reprodujeran los minutos. Si el hecho de que hubiera aceptado mi invitación había catapultado mi fama, no podía imaginar el efecto que tendría el hecho de que me vieran correr con ella tomados de la mano.

Me acosté temprano esa noche, no tenía mente para nada más que ella y nuestra carrera. Intentando quedar dormido, empecé a fantasear sobre cómo iría vestida, y justo a las diez de la noche empezó a llover. Con la lluvia me asaltaron otras dudas. Me preocupó si tenerla tomada de la mano iba a causar en mí una erección continua durante los cinco kilómetros que teníamos que correr. A pesar de que era delgado y jugaba varios deportes, me preocupó saber si yo iba a poder aguantar corriendo toda la carrera, o si ella sería mucho más rápida. Si corría como lo bella que era, de seguro me iba a tener que arrastrar. Imaginé las burlas de toda la secundaria si alguna de estas cosas sucedía. Imaginé al maestro de física contando detalladamente mis fallas. Y todas las cosas que podían suceder mal empezaron a hospedarse en mi mente. Una vez que abres esa puerta, es muy difícil cerrarla. Estaba más preocupado que emocionado. La lluvia nunca me traía cosas buenas. Y seguían las preocupaciones: que si me dejaba plantado y el monstruo mudo de mil cabezas que era toda la secundaria me devoraba el lunes por la mañana. Que si en su lugar mandaba a una amiga gorda y fea. Que si su papá nos acompañaba durante toda la carrera. O que mi mamá nos recibía en la meta para tomarnos unas fotos juntos. Que si corriendo me tropezaba, me caía de boca y, por ir atados de las manos, hacía que ella cayera, lastimándose la cara. Que si del cansancio vomitaba en el kilómetro cuatro. Los gozos se me habían perdido. La penumbra de la burla colectiva empezaba a nublar su majestuosa belleza. O para seguir lidiando con lo mismo: que resultara que tenía novio y llegaba al principio o al final acompañado de siete fieles amigos, los cuales yo no tenía, para meterme una golpiza digna de mi osada invitación. Ahogándome en ansiedad ignoré que llovía fuertemente. No podía conciliar el sueño a la media noche, y la lluvia caía con odio. Hasta vientos extraños, como los que dicen que hay en Tijuana, como si fuera un presagio. Entre truenos y vientos dormité toda la noche. Abrí los ojos con la ilusión de ver una mañana brillante y hermosa, como ella, pero sólo encontré lluvia y colores grises por todos lados. No tenía idea de las políticas de cancelación de la carrera. Lleno de esperanza, pedí a mi mamá que me llevara al lugar de la salida, en donde rápidamente comprobé que también ahí había llovido durante la noche. Era muy temprano, desde entonces me gustaba ser muy puntual, además ya no quería estar en mi cuarto soportando tanto pensamiento negativo. Que el aire frío me limpiara mis pensamientos. Convencí, con un desplante de adolescente, a mi mamá de que no importaba que me mojara.

Estaba el arco de la salida y de la meta adornado con algunos listones y globos rojos que habían sobrevivido la noche de lluvia y viento. Me senté en el borde de la banqueta, a unos metros de la meta, y la lluvia volvió más fuerte. Con el tiempo llegaron algunos organizadores, me veían con lástima. Escondía mi cabeza entre mis rodillas viendo hacia el gris pavimento. Ningún otro corredor, sólo yo. No podía ser que yo era el único que tenía esperanza de que la carrera se llevara a cabo. Mi cuerpo empapado, los miedos habían huido, pero ella no llegaba. Nadie más llegaba: éramos sólo la lluvia y yo.

La hora de arranque llegó. Un organizador se acercó lentamente en medio de la lluvia y con una cara tierna, como si supiera exactamente lo que me estaba sucediendo, me confirmó que no habría carrera. Creo que sólo para intentar animarme pusieron una tímida música en unas bocinas que estaban al lado de la meta. Obviamente era música romántica, era la carrera del amor y la amistad; creo que era una de Franco De Vita y los acordes me pateaban los tímpanos. Extrañé su aroma y los dos besos que me dio en el bebedero. Como ponzoña, me picaba la oportunidad perdida de tomarle su mano, de estar con ella. Y sí, también me dolía mucho la oportunidad perdida de redimirme ante la bola de cabrones de la secundaria. Mi cuerpo empapado, mi número ya colocado en la camisa y el de ella en la mano. Se me escurría la esperanza. Se me escurría la oportunidad que desde ese día cambiara mi vida en la escuela y con las mujeres. De nada había servido mi valentía.

VIII

No te voy a decir que era la más hermosa de la preparatoria, pero fácilmente se encontraba entre las mejores tres. Eso sí, tenía un cuerpo de gran portento; por mucho, el mejor. En ella vi por primera vez una minifalda blanca y el apabullante mensaje que esta prenda transmite. Sabía portarla como si tuviera treinta años. Eran los primeros días en la preparatoria mixta de La Salle, y después de diez años de encierro con solamente hombres, literalmente, era el paraíso.

Ese verano fue memorable. El Mundial de Fútbol de 1986 en nuestro país me había llenado de ilusión; pasé el mes entero soñando en que seríamos campeones, ¿por qué no? ¿Qué no éramos igual a los alemanes? ¿Que no el que quiere puede? Manuel Negrete había metido un gol de los que jamás se pueden olvidar. El Abuelo Cruz nos emocionó con su fresco atrevimiento. La Chiquitibum de Carta Blanca excitaba aún más al país. Por primera vez en cuartos de final, y yo estaba ahí en el estadio, a unos metros del árbitro cuando anuló el gol del triunfo en los últimos minutos. ¿Cuál falta? He visto decenas de veces la repetición y aún no entiendo qué falta marcó. Grité al ver el balón en la red, y luego tuve que regresar el grito, volver a este mundo, recomponerme, volver en mí, aceptar que no había sido gol. Ya había soltado unas lágrimas, y hasta parecía que El Abuelo venía a festejar justo frente a mí. Se mantuvo el empate, vinieron los penales, y ya sabes la historia: los alemanes, la maldición y demás. Aún no lo entiendo. Ahí estuve a unos metros de Servín y, sí, ya traía el Cerro de la Silla en la espalda antes de tirar. No entiendo por qué tanto problema.

Y ahí se nos cambió el rumbo, creo que sólo un mexicano metió un penal, los alemanes apenas y festejaron, avanzaron como siempre, y la multitud no aguantaba tanto dolor. Nunca estuve en un estadio tan callado; sólo nos veíamos entre todos y no encontrábamos qué palabra era oportuna decir. Pensé en los viejos que estaban ahí; era su última oportunidad de ver a un México campeón. ¿Cuántos más morirán sin ver ese logro? Nunca estuve en un partido en donde se sintiera tanta excitación. Era el mundial, eran los alemanes, eran cuartos de final. Estaba por cumplir quince años. Creía que tendríamos muchas oportunidades en el futuro. Pero los alemanes siguen ganando, nosotros seguimos fallando penales, y lo único que nos mantiene la flama de la ilusión encendida son los recuerdos de bellos goles.

Algún destello que nos queda de algún mundial, un gol precioso contra los italianos en plena madrugada, sacarle un empate de locura a Holanda en los últimos minutos o un empate milagroso a Brasil por una soberbia actuación del portero, pero aún no hay semifinal, ni siquiera otros cuartos de final. En aquel entonces no sabía que ese partido sería como un parteaguas en la historia del fútbol mexicano, que ahí nacía la maldición de los penales, que ese fue el último partido de Hugo Sánchez con la Selección, que el árbitro estaba sobornado por los alemanes, y así una infinidad de historias y de excusas. Todas ellas se pudieron haber evitado metiendo unos cuantos goles. Pero eso no sucedió, y ese día el fútbol dolió. Me dolió México. Esa derrota me cambió ese verano, era como traer una espina enterrada en el dedo índice, hasta que llegó el primer día de clases en la preparatoria mixta.

Jamás había deseado tanto asistir a clases. Los pupitres de madera estaban fijos al piso; estaban acomodados en filas de dos, de tal forma que tenías al lado, realmente pegado, a algún compañero. Y como si mi suerte fuera a cambiar desde ese semestre, tuve la enorme fortuna que todos deseaban: justo a mi lado, Paloma. En sus ojos se me perdió la tristeza del mundial, casi hasta olvidé que existía el fútbol. Lo único que importaba era estar con ella toda la mañana. No me gustaba el recreo: quería estar sentado a su lado oliendo su perfume, intentando adivinar la marca. Por algún motivo, creía que con eso la podía impresionar; era obvio que no tenía experiencia tratando con mujeres. Jamás había tenido a una mujer a mi lado por tanto tiempo seguido.

Ella era como un camaleón; cambiaba su peinado, su estilo de ropa, parecía mujeres diferentes, todas sus facetas me gustaban. Con maquillaje tenue, colores beige y cabello recogido, perfecta. Maquillaje de colores intensos y un chongo en lo alto, preciosa. Cabello suelto liso, irreal. Trenzas modernas, delirante. Minifaldas, jeans ajustados, faldas largas y holgadas, lo que fuera, era excitante. Y la tenía a mi lado todas las clases, todo el día. Por mí, si cancelaban el recreo, mejor.

Comentario que yo hacía, para ella era gracioso, acertado o inteligente. Y yo que estaba esperando el pellizco que me despertara del sueño. Tantos años de encierro en escuela de varones, y ahora tenía a Paloma, la que todos perseguían en los recreos, justo a mi lado, disfrutando todos mis comentarios. Creo que le estás gustando, me dijo Ángel, un viejo amigo. Y yo me sorprendí, ¿esto es gustarle a una muchacha? Pues no sé qué te vio a ti, cabrón, quizá no conoce tu historial. Y sonreí. Capté en ese instante que para todas las mujeres, que eran nuevas en La Salle, todos los hombres también éramos nuevos para ellas. Ellas no conocían nuestro pasado, bueno o malo, no conocían nuestros apodos o nuestros antecedentes, ni los errores que nos habían tatuado en la primaria o secundaria. Para ellas, también éramos carne fresca, carne nueva.

Paloma no sabía nada de mí. Estábamos en igualdad de condiciones. En realidad no tanto, ya que ella aprovechaba su belleza para obtener toda la información de mí, un ingenuo en esos temas de mujeres. Con que sonriera, me regalara un guiño o un pequeño toque de rodillas abajo del pupitre, lograba que le contara lo que fuera. Y pues resulta que seguí con suerte, todo lo que por años causó burlas, para ella era atractivo. Todo lo que me provocaba inseguridades, para ella era tierno. Todo lo que quería ocultar, a ella le interesaba. Así las sonrisas fluyen en automático. Así era extremadamente fácil perderme en sus aromas y olvidar que me encontraba en el salón de clases. Desconocía la materia que el maestro pretendía o simulaba enseñar. No importaba recibir llamados de atención ni reprobar exámenes. Mientras estuviéramos sentados juntos, no había ninguna otra cosa que me importara.

El resto de los hombres no podían creer que Paloma se llevara tan bien conmigo. En el recreo se burlaban, me preguntaban si era mi prima y si todo era una actuación. Nadie entendía lo que pasaba, empezando por mí mismo. A pesar de que yo no contaba nada, en poco tiempo todos sabían cómo avanzaba nuestra amistad. No era difícil tener una conversación larga y divertida con ella. Normalmente ella empezaba haciéndome una pregunta, y, por algún extraño motivo, lo que dijera la hacía sonreír, se acomodaba en su postura y luego daba su punto de vista, lo cual generaba largas conversaciones, sin importar que estábamos en plena clase. Luego me lanzaba algún comentario sarcástico, al cual yo tardaba en entender el sentido exacto, y eso a ella le causaba risa y ternura. Mira lo loco que estaba el mundo desde entonces, lo que un año antes en la secundaria provocaba que de pendejo no me bajaran, ahora a Paloma todo esto le encantaba. Yo no podía creer lo que me sucedía, todo estaba saliendo de maravilla. Lo que había sentido por Valeria el año previo, no era nada comparado con lo que Paloma me hacía sentir: era como tener fuego en el pecho.

Un día me invitó a visitarla a su enorme casa. Vivía en una hermosa colonia cerca de la montaña. Tenía un gran árbol en la entrada. Un perro fuerte ladraba desde el jardín. Sabía que algún día iba a tener que contar esta historia. Mi primera visita a casa de una mujer y a mí se me ocurrió ir vestido con unas bermudas amarillas que mi mamá había cosido y una simple playera. No sé por qué nos seguía haciendo ropa, creo que acabó siendo para ella un pasatiempo. Eran de un amarillo canario, brillante, con unas palmeras para acabarla de joder. Aún no entiendo por qué se me ocurrió ponérmelas. Ella abrió la puerta lentamente, estaba totalmente maquillada, con un vestido casual, muy pegado a su delgado y musculoso cuerpo. Elegante y hermosa. Yo temblando en tenis blancos y bermudas hechizas. Tenía razón en decir que yo era muy inocente. El caso es que sonrió, pudo haberlo tomado como un acto de insolencia, estupidez o desdén, pero no: pareció no importarle mi ropa.

Para mí fue un placer verla y estar solos en un área de su casa. Era como un estudio, estaba en una esquina. Ahí podíamos hablar lo que fuera, al tono de voz que quisiéramos; no había maestros regañándonos, no teníamos que susurrar. Al sentarme en el sillón de piel negra, vi el brillo de mis tenis blancos y comprobé que había fallado mi código de vestimenta; intenté doblar los pies para esconderlos bajo mis piernas. A pesar de mi vergüenza, segundos después me olvidé de mi ropa; estaba perdido en ella. Toda la tarde era nuestra. Su rostro lleno de soles. Una sirvienta llegó a ofrecernos algo de tomar, y no pudo ocultar su sonrisa por mi atuendo estilo playero. Tampoco me importó. Nadie podía quitarme ese momento lleno de gozos, ansias, excitación, incertidumbre. Pensé que era un premio por haber sobrevivido diez años con los lasallistas y la exclusividad de varones. Si ese era sólo el principio de la preparatoria, no podía imaginar qué tantas más aventuras habría por descubrir en los siguientes meses.

Las horas se amontonaron. Compartimos los pasados. Y, de alguna forma tímida, intentamos que nuestros sueños se parecieran. No podía dejarle de ver sus ojos negros. Había olvidado incluso hasta mis bermudas. Supe que era de noche cuando escuché llegar a su padre. Entró lentamente a la sala con una cara seria y las cejas apretadas, luego vio directo a mis bermudas, y las cejas se le relajaron, hasta con una sonrisa me saludó. Como que yo no representaba ninguna amenaza. Cuando el olor a miguitas con huevo llegó a la sala, capté que era hora de irme; recordé vagamente algún comentario de mi papá años atrás, en donde había dicho que a las ocho de la noche las visitas se tenían que ir. Y me fui flotando, con un beso de ella en la mejilla y su aroma en mis entrañas. Salí de su casa, volteé al cielo. Dos estrellas fugaces me acompañaron, las chicharras gritaban. Olía a verano, olía a ella, y así quería seguir oliendo siempre. Subí al carro, y ya no me importaba nada más que saber cuándo la volvería a ver.

En la tercera semana de clases celebré mi cumpleaños; era la primera fiesta de la generación. El bullicio de los sexos felices por conocerse y convivir era notorio. Por obvias razones la asistencia fue masiva, toda la preparatoria en mi casa. En los días previos los rumores habían crecido. Mis amigos y mis no tan amigos, quienes esperaban resultados diferentes, me incitaban a que me le declarara. Eran los ochenta, aún se usaba la petición formal para que alguien accediera a ser tu novia. Habían pasado tres semanas intensas entre ella y yo. Nuestros ojos ya se reconocían. Todo lo que le contaba de mí le gustaba o la hacía reír; pero de lo que ella contaba yo sólo escuchaba la mitad, el resto estaba perdido en sus ojos o en su cuerpo, en su aroma o en fantasías sobre lo que se sentiría tocarla, besarla y andar de su mano. Sobre todo, lo que se sentiría el choque de nuestras lenguas o tomarla de la cadera en frente de todos, en el recreo. Partir el patio como matador de toros triunfador, que ella me catapultara a una mejor vida, justo en el lugar en el que muchas veces, en años previos, había peleado, recibido piquetes en las nalgas, bromas estúpidas como que alguien se pusiera detrás de mi agachado y otro por el frente me empujaba para que cayera hacia atrás con una cara de susto enorme. En ese mismo patio quería estar con ella.

El viernes por la noche, en la fiesta por mi décimo quinto aniversario, en medio de un gentío, con una noche relativamente fresca para ser agosto, con música de Peter Gabriel ambientando, y varias hieleras llenas de refrescos, no tuve el valor de proponérmele. Por más que ella ayudó, por más que propició el momento varias veces, al principio, en las baladas, y sobre todo al final de la noche, cuando ya quedaban pocos asistentes, ella me miraba de una forma diferente, con más brillo, con más energía. Su expresión era más intensa; se acercaba un poco más a mí. Provocó silencios en donde mi pregunta quedaba al caso de manera perfecta, pero no me animé. Lo intenté cientos de veces, pero la voz no me salió. Repetía las cuatro palabras en mi mente, pero el quieres ser mi novia, jamás lo pude decir. Cuando suspiró un poco desesperada, cerca de las doce de la noche, su papá llegó por ella, y en ese instante mi suerte empezó a cambiar.

Para el lunes a las nueve de la mañana, ya se había corrido el rumor de que no me le había declarado. Mis viejos enemigos; las hienas de la secundaria y todos esos clanes, felices contaban a las mujeres historias de mi pasado, les decían que ese era el típico yo, el maricón, el temeroso; que no me gustaba pelear, y subrayaban que no hacía pareja con Paloma. Lo malo es que desde ese lunes ella se comportaba de manera diferente conmigo, y lo peor es que no sabía cómo resolverlo. Pensaba romper los silencios incómodos que ahora teníamos con un apresurado quieresserminovia, aunque se me hacía muy tonto, quería recuperar el error de mi fiesta de cumpleaños, pero quería hacerlo de una manera digna, una que no resaltara tanto mi falla de esa noche. Planeaba una larga charla, como las que teníamos al principio, en donde poco a poco nos fuéramos relajando y a la vez tocando temas más trascendentales, profundos, densos, como les decía ella, pero no, ya no me era posible llegar a esos niveles de conversación. Nuestras pláticas se limitaban a diálogos tontos, superficiales, como los que la mayoría tenía. Dejé de ser yo mismo, me olvidé de la autenticidad, la transparencia y la inocencia, y en mi afán de recuperar el nivel de amistad que teníamos, cambié mi forma de ser con ella, pretendiendo ser diferente. Cada vez me ponía más nervioso, me empecé a arreglar mejor; adiós a las bermudas llamativas, me olvidé de la espontaneidad que tanto le había gustado.

Cortejar a una mujer era algo nuevo para mí; nunca había hecho una declaración de amor. Ella iba a ser mi primera novia. Lo que era fácil con ella al principio, ahora se dificultaba cada vez más. Entonces supuse que no podía declarármele si estaba enojada, por lo que más me esforzaba intentando contentarla y que fuéramos como antes, lo cual no sucedía. Ahora todo era excesivamente difícil, como si fuéramos personas diferentes. Las invitaciones a su casa ya no existían, tenía que preguntarle si podía ir a visitarla. Esas visitas eran muy cortas en los escalones de la entrada de su casa.

Ahora, ya después de tantos años, entiendo que quizá ella también estaba nerviosa, que tal vez no estaba tan enojada. Sólo quería dejar silencios para que yo le hiciera la famosa declaración. Y para mí esos silencios se habían convertido en señales negativas, en actos de inconformidad. En ese ambiente pasaron varias semanas. En la generación, ya había surgido una pareja de novios, corrían rumores por todos lados, quién con quién, quién contra quién, quién le bajó a quién, que se pelearon por tal chava, que tal le dijo que no a equis, que el mejor amigo de toda la vida le quería bajar a tal muchacha, y pues ni Paloma ni yo estábamos exentos de eso. Empezaron a rondar varias de las hienas, le mandaban recados en el salón para que yo, estando a su lado, me diera cuenta. La abordaban en el recreo, en donde normalmente ella y yo no convivíamos porque estábamos todo el día lado a lado en los pupitres. Ahora ella, en lugar de pasarlo con sus amigas, lo pasaba charlando alegremente con alguna de las hienas. No sabía cómo recuperarla, y me estaban dando ataques de ansiedad. Me mordía las uñas ¿Por qué carajos no podía encontrar el tono en el que fluíamos fácilmente, en el que los dos éramos, y ya con eso nos bastaba? Ahora teníamos unas tres máscaras y dos disfraces.

Amplio listado de arrepentimientos: si me le hubiera declarado en mi cumpleaños, si hubiera hablado con ella al día siguiente; pensamientos que sólo me hacían sentir peor. También cambió su forma de vestir, los jeans más apretados, escotes más largos, faldas más cortas. Remarcaba su belleza, lo cual me aturdía más. La veía caminar con ese meneo cadencioso, propio solamente de quien se sabe hermosa, como si supiera exactamente cuántos la mirábamos, y no podía pensar en nada más, sentía coraje por ser un imbécil y estarla perdiendo, a lo mejor la banda de las hienas tenía razón y sí era un pendejo, un gran pendejo que no merecía a una belleza como ella. Nunca nadie me había dicho cuándo era un buen momento, o qué gestos debía de entender como mensajes favorables para lanzar una declaración; ni un manual de la SEP, ni en formación de valores, ni en catecismo, ni en una plática informal entre amigos, ni mi papá, ni un tío, ni un primo, ¡ni una chingada! Nunca jamás había escuchado cómo leer la mente de una mujer, cómo entender sus actos para poder proceder con un bajo porcentaje de fallo, a presentar una emocionada declaración de amor. Se me había pasado esa oportunidad de oro, y desde entonces todo se había complicado.

Pasaron algunas semanas así, en donde nos aferrábamos a lo que creíamos que teníamos inicialmente; sorteábamos como podíamos situaciones que se iban presentando, pretendientes nuevos, amenazas y propuestas de pelea si no me hacía a un lado. Cada vez eran más preocupaciones que gozos; me di cuenta que para ella ya estaba pasando a ser un amigo, más que un pretendiente, si es que me iba bien. Estaba desesperado por irla perdiendo poco a poco, ansioso porque uno de mis amigos me avisó que me quedaban muy pocos días antes de que uno o dos de las hienas se le declararan. En la soledad de un domingo en la noche, encerrado en mi cuarto, deseé que fuera lunes: iba a llegar, la iba a ver, e incluso antes de que empezara la primera clase, la iba a tomar de los hombros, la giraría hacia mí, y, viéndole directamente a sus ojos tan oscuros, simplemente le iba a decir que fuera mi novia, que con ella todo era mejor. Tendría que ser lo más directo posible, todo lo que no había sido antes, y esperar que la respuesta fuera positiva.

Sin falla, la obscuridad de la noche perdió contra la luz matutina de ese lunes memorable. Sentía comezón en mi pecho. Con que dijera esas cuatro palabras para empezar, ya el resto que me saliera lo que fuera, o que tuviera la suerte y la certeza de poderle describir algo de cómo ella me hacía sentir. No desayuné nada, estaba listo quince minutos antes de lo normal. Me hormigueaban las manos. Me juraba estar listo para hacer mi primera declaración. No paraba de murmurar: quieres ser mi novia, quieres ser mi novia, quieres ser mi novia, quieres ser mi novia.

Nada importaba más que verla y, ya finalmente, sobre todas las cosas y sin pensar si era la mejor forma, preguntarle si quería ser mi novia. No me importaban los exámenes que había ese lunes ni las amenazas de pelea que, justamente llegando a la escuela, ese día me habían hecho dos de las hienas. Iba caminando por el pasillo lleno de personas a quienes veía borrosas. Enfocado en encontrarla. A lo lejos la vi justo en la entrada del salón, me vio y entró, teníamos unos diez minutos antes de que empezara la primera clase, había poco movimiento dentro del salón, era el momento perfecto, se sentó en su lugar, y me invitó con la mirada, estoy seguro que notó mi nerviosismo; ya sabía lo que seguía porque sonrió con algo más de emoción, como lo hacía en nuestros primeros días.

Me senté en mi lugar, giré en mi silla, la tomé de los hombros, la puse frente a mí, y justo cuando iba a empezar a hablar, al mover la lengua en mí boca me di cuenta de que no traía el paladar que el ortodoncista me había prescrito. El problema es que no era uno tradicional, éste tenía dos dientes postizos fijos en él, los que simulaban ser mis laterales originales, lo cual implicaba que, sin ese paladar, estaba chimuelo de los dos dientes que están al lado de los frontales. Era mi gran secreto de ese año; estaba en medio de un tratamiento de ortodoncia para suplir la ausencia de esas dos piezas, por lo que tenía que usarlo todo el tiempo, incluso cuando comía alimentos fuera de mi casa, si no es que quería que me vieran como un chimuelo en preparatoria.

Se me fue el corazón al piso cuando con mi lengua detecté que no traía el paladar. Hice un gesto de sorpresa y de dolor, me llevé por instinto la mano a mi boca. Me preguntó si me había mordido el labio, lo cual se me hizo una versión adecuada. Giré y me recosté sobre mi pupitre, metí la cara entre mis brazos. No había forma de que hablara y ella no se diera cuenta que me faltaban dos dientes. Nada me animaría a hablar. Quería pasar todo el día con la cabeza escondida entre mis brazos, como avestruz.

Pasaron unos minutos. Ya era mucho drama para una mordida de labio. Pasé a la versión de que me había mareado un poco, luego a la del dolor de cabeza. Luego se llenó el salón y yo seguía inmóvil. Empezaron las clases y no me había levantado. Preocupada me preguntaba si todo estaba bien, con mi cara escondida, le respondía que sí. Me pedía que me levantara, que le dijera lo que le iba a decir, solamente le contestaba que me sentía mal. ¿Qué carajos podía hacer? No le podía revelar ese secreto tan íntimo. Imagina el poder que le daba a ella en dado caso que me dijera que no; me iba a rechazar y además sabría que estaba chimuelo. O, en dado caso que ella planeara decirme que sí, quizá al verme chimuelo se espantaría y por ese motivo me dijera que no. Imagina el poder que le daría a las hienas si se enteraran de ese secreto. Me pedía que me enderezara, que la tenía muy preocupada, finalmente me levanté; ya estaba por terminar la primera clase de la mañana y yo tenía mi boca completamente cerrada. Me pedía que le hablara, que le dijera algo, yo sólo negaba con mi cabeza. Que le dijera si estaba bien, y le asentí con la cabeza. Que le dijera lo que le iba a decir y tapándome la boca con la mano, le dije que no podía hablar bien, que la mordida me había hecho un fuego enorme. Sólo me creyó por unos minutos.

Yo estaba resuelto a no separar mis labios en todo el día, mi popularidad o falta de ella, dependía de que no abriera la boca. Me preocupó que un maestro me hiciera una pregunta, temí muchas cosas. El miedo se fue cuando su mano acarició rápidamente mi cabello; sentí sus largas uñas rozar mi cráneo. Si tú no puedes hablar hoy, por la razón que sea, yo te voy hacer hablar con lo que te voy a decir. Apenas recuerdo eso, dijo algo más, pero no lo entendí; aún estaba perdido en los efectos de su caricia. Y, mientras estaba yo recostado sobre el pupitre, me dijo: Te quiero invitar como chambelán para mi baile de quinceaños. Ahí yo, agachado en la cueva que había creado con mis brazos para ocultar mi cara, abrí un poco la boca de la emoción; los ojos me brincaron, pero me contuve a levantarme. Tenía que controlar la sonrisa que tenía en mi cara antes de levantarme y verla. Un minuto intentando controlarme, y me levanté, ahora me tapaba la boca con las dos manos, daba la imagen de emoción. Los ojos se encontraron y quise que ellos hablaran por mí, pero ella quería mi voz, mis gritos de alegría. Además estábamos en medio de una clase, no podía abrazarla, no podía hacer mucho. Tienes que decirme algo, me pedía. Y yo, a lo mucho me quitaba las manos de la boca y sonreía levemente, con los labios apretados.

¡Háblame! ¡Di algo! No puedo hablar bien, murmuraba con una mano sobre mi boca. ¿Sí aceptas ser mi chambelán? De igual forma le contesté que sí. Pero ella creía que estaba exagerando, que era un chiflado. Ya no seas chiflado, quítate la mano de la boca, habla bien y dime lo que me ibas a decir cuando llegaste. No puedo hablar. Y así nos la pasamos toda esa mañana. No me levanté de mi lugar en lo absoluto. Apretando mi boca como si mi vida dependiera de ello. Ya me dolían los cachetes y la quijada. Le contestaba con movimientos de la cabeza, no me hacía hablar, lo cual la enojaba aún más.

Ya cerca de las dos de la tarde, el calor traía un final que al arranque del día jamás hubiera imaginado. Como era de esperarse, no iba a salir ileso de esa mañana. Se hartó de mí, creyó que era un berrinche o una exageración. Se enojó, y me dijo que por qué no terminaba mi conversación de la mañana. Y finalmente, como aderezo a lo bizarro de ese día, decidió que me retiraba la invitación de chambelán. Que, incluso, ya no quería estar sentada a mi lado. A las dos diez de la tarde sonó el timbre, justo cuando ella iba terminando sus reclamos. Dijo que no le gustaba convivir con gente tan rara, y yo no pude más que vociferar cubriéndome la boca.

Así de fácil y de vergonzoso terminó algo que prometía mucho. Algo que me habría trepado al escalón más alto y puesto en un selecto grupo. Andar de su cadera hubiera sido espectacular, pero un paladar, mis miedos y mi estupidez acabaron arruinando nuestra historia.

Dos semanas después fue su baile de quinceaños. Pude ingresar con una invitación que alguien me pasó. Entre un tumulto de personas, llegué justo a tiempo al baile de la quinceañera con el chambelán, a lo lejos la observé y no quise voltear a ver con quién estaba. Bailaban una canción de Bryan Adams y sentí un calambre en el cuello. Ya no venía al caso quedarme más esa noche. Era oficial que la había perdido, decidí retirarme antes de que acabara la canción.

IX

En el último año de la primaria, empezaron a suceder eventos extraños a mi alrededor, casi todos ellos tristes. A todos les entendía poco. El año previo había sobrevivido a la lástima y condescendencia que los aparatos ortopédicos provocaban. Un día podía tener muchísimos matices; desde una felicidad abrumadora hasta una tristeza apabullante. Desde un logro importante, hasta una falla rutinaria. Me gustaban los días soleados, odiaba la lluvia porque cancelaba todo y causaba introspecciones, a todos nos cambiaba la rutina, por lo tanto nos sentíamos más expuestos, más exhibidos a ser vistos como realmente éramos.

Había cambios extraños e inesperados en mi cuerpo, los cuales ningún libro ni ninguna charla habían prevenido. Vellos, sensaciones nuevas, erecciones sorpresivas, humedades matutinas, nueva atracción por compañeras de las clases de inglés. Dolores en las piernas y en la cadera causados por los aparatos. En algunas noches me atacaban unas repentinas ganas de llorar sin razón alguna. En plena mesa, al estar cenando, hubo noches que lloraba como desconsolado. No entendía el motivo, lo cual era más desesperante. Era como ver todo en blanco y negro, como si los únicos brillos fueran grises.

Las tardes casi siempre eran buenas. Jugando béisbol me iba bien. A menos de que viera a mi mamá llorando. A menos de que escuchara alguna historia de la abuela. Cada vez veía menos a mi papá, decían que estaba en viajes de trabajo muy importantes. Me quedaba dormido a un lado de la puerta principal, frente a una ventana que llegaba hasta el piso, esperando a que regresara de algún viaje por carretera. Siempre llegaba.

Mucha devoción de mi familia. Muchas pláticas en las que cantaban y alababan a Dios. En sexto de primaria era imposible entenderlos. En esas charlas había un coro que tenía un gran tambor que, según decían, era de piel de llama del Perú. Cantaban, rezaban y oraban. Pedían por milagros y curaciones, y bajo mis simples shorts de algodón se venía una erección porque recordaba a Blanca, la de las clases de inglés. Querían bajar ángeles con canciones. Ponían sus manos en las cabezas de otros mientras decían oraciones extrañas. Comentaban que algunos sacerdotes tenían ciertos dones, como de sanación, lenguas, omnipresencia. Yo me perdía en el tirol del techo; intentaba encontrar siluetas de cualquier forma.

Nunca tuve el valor para negarme a ir, además era lo único que hacían mis padres el fin de semana. Los otros asistentes juraban haber recibido ciertos milagros. Eso me animaba a hacer algunas oraciones, en donde pedía fortuna, abundancia y éxitos a Dios. Unos al orar caían repentinamente al suelo; pensé que habían muerto, pero al parecer era una consecuencia de una intensa oración o de algún don recibido. Otros juraban haber sido curados de enfermedades mortales. Yo nunca sentí nada. A pesar de que sucedían cosas extrañas, eran momentos muy aburridos. Un canto decía que había ángeles en ese lugar, aunque yo no los vi.

En una ocasión, esos eventos de la iglesia fueron en una plaza de toros; estaba lleno al máximo. Como si fuera un concierto de alguien famoso. Me llamaba la atención qué era lo que atraía a tanta gente. Mis papás sólo decían que era el poder de Dios. Estábamos sentados un poco más arriba de la mitad del graderío; allá abajo, el ruedo estaba lleno de sillas de plástico y un improvisado escenario, en donde un altar con mantel blanco luchaba contra el viento. Hasta allá arriba nos llegaba el olor a excremento de bovino de los corrales de la plaza. Iba con mis papás y mi abuela.

Me era atractivo imaginar que en un momento, por algún error de un monosabio, iban a salir unos toros arrasando con todas las sillas, sembrando caos y terror. Al menos se acabaría esa tarde extraña. Mientras íbamos subiendo las escaleras para encontrar nuestro lugar, todos los adultos se saludaban entre ellos, como si fueran conocidos, como si se desearan el bien. No recuerdo qué mes era, pero hacía mucho calor. Estaban regalando unos abanicos de papel, con una paloma representando al Espíritu Santo, según me explicó mi abuela. Era más el sudor al agitarlo que el aire que causaba. Mi papá dijo que faltaba una hora para el inicio, pensé que ni para el estadio de fútbol nos íbamos tan temprano. Sin embargo, mi mamá avisó que pronto iniciarían los cantos de alabanza, y sí, al minuto se escuchó la tambora peruana y esos cánticos raros.

Sí alababan, aunque para mí eran como llantos, como si sufrieran al cantar y al vivir. Me quería dormir y despertar en mi cama. Estar ahí era lo último que hubiera elegido. Un tiempo después, y sin presentación alguna, un sacerdote empezó a gritar oraciones, alabanzas y regaños. Pedía milagros. Señalaba una zona en específico de la plaza y aseguraba que Dios, en ese momento, le decía que había un joven con una enfermedad terminal. Daba más detalles de su historia, lo invitaba a ponerse de pie, le avisaba que, en ese momento, el calor que sentía dentro de su cuerpo, era el Espíritu Santo, y que ya lo había sanado por completo. Un joven caminó y llegó llorando al escenario diciendo que había sido él. Luego señalaba a otro lado y aseguraba que había una señora que jamás había podido caminar por una enfermedad de nacimiento. ¡Levántate! ¡Levántate, que Dios te ha sanado por tu fe! Y una señora en el ruedo se levantó de su silla de ruedas, y con mucho esfuerzo dio unos pasos a la orilla del escenario para besarle los pies al sacerdote. ¡Alabado sea Dios! ¡Tu fe te ha salvado! Se me fue el sueño.

Mi mamá cantaba con los ojos cerrados y levantando su mano derecha con la palma de la mano abierta. Mi abuela susurraba oraciones con sus palmas hacia el cielo, creo que era porque no se sabía los cánticos o porque no oía bien al sacerdote. Se escuchó un murmullo cada vez más fuerte, llantos, pujidos, emociones. Las lágrimas pusieron más húmedo el lugar. Y así siguió ese hombre haciendo sanaciones por cualquier lugar de la plaza. Decía que el que tuviera más fe recibiría el milagro.

Y me dieron ganas de tener mucha fe, tantos años con los lasallistas me tenían bien entrenado, pero no supe en qué tenerla, y además ni siquiera supe qué podía pedir. ¿Cómo es posible que en tantos años de humanidad ningún ser humano haya tenido tanta fe como para mover una montaña? Y esa noche, al parecer, la fe rondaba en el tendido. Hasta para ser sanado por Dios había que competir.

Uno de los afortunados estaba muy cerca de nuestro lugar, apenas unas filas atrás y unos diez lugares a un lado. ¡Cáncer! ¡Cáncer!, gritaba la mamá, mientras el sacerdote aseguraba que ya estaba curado por haber creído. Me sentí como en un sorteo o en una repartición de regalos, aunque yo no tenía qué pedir. Pensé en tener fe para pedir alguna cosa material, y me estaba debatiendo en qué tan bajo sería pedir eso a Dios, cuando en ese instante mi abuela gritó ¡Acá! ¡Acá! ¡Acá! ¿Acá qué, mamá? Me quitó mi mamá y se puso al lado de la abuela que estaba llorando. Yo, yo, soy yo, decía, grítale que soy yo. El sacerdote, en efecto, señalaba hacia nuestra zona. Mi abuela parecía más enojada porque ni mi mamá ni yo gritábamos que era ella. ¿Tú qué, mamá? ¡El hombro! ¡Yo soy la del hombro! El sacerdote insistía que una señora mayor de nuestra zona, que tenía un dolor crónico en el hombro desde que su esposo había fallecido, ya había sido curada. Finalmente la abuela gritó en forma desesperada, las personas de alrededor se unieron a su coro, el sacerdote vio nuestra zona y dijo que no habría más dolores de hombro ni de alma. Los que estaban cerca nos aventaban agua bendita y se acercaban a tocar a mi abuela, le deseaban bendiciones, la felicitaban. Mi abuela berreaba, según yo, un tanto forzada.

Así pasaron unas horas entre milagros, o lo que se suponía que eran. Y yo no podía dejar de pensar en una montaña de color café y en el por qué nadie nunca jamás la había podido mover con su fe. No salieron los toros, la noche se llenó de llanto y, empapados en sudor y agua bendita, la noche terminó. Yo ni siquiera sabía que mi abuela tenía ese dolor.

Un amigo me declaraba en secreto que estaba enfermo, que probablemente iba a morir en no más de tres meses, que lo inyectaban a diario y su piel ya no soportaba más piquetes. Pensaba yo que la muerte era para los adultos, y mi amigo me confesó su extraña enfermedad sin demostrar ningún temor. Mientras él esperaba con valor la muerte, yo me la pasaba viviendo entre temores. Miedo a conocer los motivos que le causaban los llantos a mi madre. Miedo a saber la causa de los cambios en la coloración de su piel. Miedo al futuro, a la secundaria. Miedo a pelear. Miedo a que a mi papá le pasara algo en el trabajo. Miedo a que una noche no apagara correctamente el calentador y todos muriéramos por mi culpa. O que el avión cayera, o el camión cruzara el carril en la carretera. O a descubrir que toda la felicidad que existía en la familia era una farsa. Miedo a los regaños de mi abuelo materno. Miedo a los domingos por la tarde.

Una noche de martes mi amigo murió, la siguiente mañana en la escuela nos avisaron. No fui al velorio, ni siquiera conocía esos eventos. No podía dejar de pensar en un pequeño féretro con su cuerpo, como el mío, adentro. No podía dejar de recordar sus ojos calmados cuando me dijo la noticia. No había miedo en él.

A esa edad, creía que había aprendido lo básico, creía que había formado amigos, de esos que duran para toda la vida, de los que llegan en el momento exacto cuando te golpeaban entre tres. Creía que con esos amigos seríamos invencibles, como superhéroes. Creía que la vida debería ser como una mañana de sábado eterna. Era un inocente, conocía poco de la naturaleza humana, conocía poco del mal y muchísimo menos sabía cómo convivir con mujeres. Escuchaba que la mayoría de los adultos hacían trampa en sus vidas. El que no transa no avanza. No todo era como un partido de fútbol, con reglas, líneas, un juez y consecuencias claras para todos. No era tan simple y poderoso como un gol, como un abrazo grupal para festejarlo. Había patadas por atrás o codazos al abdomen. Había jueces amañados. Jugadores administrando la entrega, había mentiras.

Ya no tenía un parque enfrente de mi casa; ya no había partidos de fútbol defendiendo el honor de la colonia. La desidia me controlaba, me perdía en lo verde del pizarrón y pagaba consecuencias haciendo planas los fines de semana. En una cancha las reglas eran claras: existía un evidente camino al éxito y al fracaso. De eso se trataba el partido. Un gol, una carrera. Ganas o pierdes. Sufres o gozas. Pero fuera de las canchas las cosas se ponían grises. Parecía que todos los adultos fingían cosas. Mi abuelo materno gritaba en la mesa porque la salsa no estaba lo suficientemente picante; todos nos estremecíamos y se nos desaparecía el hambre. Intentaba agradarle acompañándolo en el pequeño taller que tenía en su casa, en donde pasaba el tiempo armando y desarmando cosas. Y casi nunca me hablaba. En toda la tarde, para lo único que me dirigía la palabra era para darme órdenes. Que le fuera comprar cigarros. Que le llevara un martillo. Que le pasara unas pinzas de presión. Más me valía encontrar rápido lo que pedía para evitar gritos y regaños. Cuando yo quería preguntar algo o iniciar una conversación, me pedía que me callara. Ni siquiera me dejaba sentarme, ni me volteaba a ver, tenía que permanecer parado atrás de él, mínimo unos tres pasos, lo que me impedía observar lo que hacía.

Veía a mi amigo en sueños, y me avisaba que mi mamá estaba gravemente enferma. A la mañana siguiente, mi madre desmentía todo. Pero el sueño seguía. Mi abuelo seguía. La vida seguía. Las paredes grises rondaban. Regresaban los recuerdos de noches en el hospital, en donde había visto cadáveres pasar y familiares ahogándose en llanto mientras los seguían. ¿Qué había sucedido diferente para que la muerte llegara al cuarto de al lado y no al mío o al de mi hermana? De pensar en la muerte, al siguiente segundo pensaba que besaba a mujeres, a muchas. Me perdía viendo las piernas de la sirvienta de mi casa. ¿Por qué habíamos nacido pecadores? Por mi culpa, por mi culpa, por mi gran culpa. Las misas eran eternas, parecía que duraban toda la mañana. Casi nunca iba mi padre. Mi madre nos hacía rezar, dar gracias y ofrecer. ¿De qué se trataba la vida? ¿Sólo de jugar y meter goles? Poco entendía fuera de esas canchas.

Una llamada incómoda, que parecía cualquiera de las cientos que entraban justo en la hora de la comida, causó que mi mamá se quedara muda y me volteara a ver de inmediato. Pensé que era algún reporte de la escuela, pero no había enojo en su mirada. Me pasó el teléfono, era Gabriel, un amigo desde el primer año de la primaria. Se murieron mis padres, me dijo. Chocaron en la carretera a Monclova. Y colgó. Y los tambores de la banda de guerra aparecieron de nuevo en un rincón de mi cabeza.

Esa noche llegué a las capillas a saludar a mi amigo. No tenía idea de qué se tenía que hacer o decir. Era mi primera visita de ese tipo. Me dijeron mis papás que tenía que ir vestido todo de negro. Me vio en los escalones de la entrada y se quebró en llantos mientras me abrazaba como nunca. Le regresé el abrazo tímidamente, mis brazos me temblaban. Ni siquiera pudo decir una palabra. A los minutos, alguna tía suya nos separó y se lo llevó adentro. Entré trastabillando y me senté en la primera silla que encontré, y lloré como él. Lo que le sucedía a mi amigo yo lo había temido toda mi vida. Perder a mis papás en un segundo. Sentirme solo en esta vida. Acabar aventado en la casa de algún tío con el que no cruzabas más de dos saludos al año. Esa noche sentí como si en mi cuarto estuviera la banda de guerra de la primaria y, con todo el coraje del mundo, golpearan los tambores hasta que se escucharan redobles de terror. Apretaba los ojos porque tenía miedo de ver espíritus, me dolía el sufrimiento de mi amigo y a la vez me daba miedo. Era el primer viaje de sus padres en esa carretera. Los míos la habían recorrido cientos de veces.

Tardé horas en dormir y, a la mañana siguiente, pensé que estaba besando a mi maestra de inglés, quien se encontraba desnuda. Quería que el pensamiento avanzara y que pudiera recrear algo más en ese acto, pero no sucedía más que tímidos besos. Aún escuchaba unos redobles en mi mente. Una vecina pasaba por nosotros para llevarnos a la escuela, era un carro pequeño, en el cual íbamos dos más de los que debíamos. Dos apostando a morir. Comoquiera nadie usábamos el cinturón de seguridad. Todo el camino nos hacía rezar oraciones extrañas, si no lo hacíamos en el volumen que ella quería y sincronizados, nos obligaba a repetir toda la oración. Así nos pasábamos todo el camino. Siempre me tocaba en la orilla, muy apretado contra la ventana.

Hasta que una mañana, en lugar de ver hacia afuera, miré hacia un lado y encontré el bello rostro de mi vecina. Tenía mucho tiempo de conocerla, pero ese día la descubrí. Era varios años mayor que yo, iba en preparatoria, y para mí, aun con el dolor de mi amigo, escuchando redobles en mi mente, temiendo a los espíritus que esa noche pudieran llegar a tocarme, aun así ella fue lo más hermoso que había visto en mi vida. No la pude dejar de ver en todo el trayecto, y se dio cuenta, lo cual pensé que era bueno. Desde ahí todas las mujeres que imaginaría tendrían al menos su cara. Al llegar a la escuela caminé a su lado, cosa que jamás había hecho, y le hice la única pregunta que pensé que me diferenciaría rápidamente, lo que me ayudaría a dejar de ser el amigo de sus hermanos y ser amigo de ella, o soñar con ser algo más. Le pregunté si podía ir a su casa a platicar con ella. En un instante me dijo que no, que yo a su casa iba a jugar con sus hermanos y que así sería siempre. Esa tarde llamé a su casa, y en lugar de pedir hablar con sus hermanos, pregunté por ella. Nunca contestó, sólo me dijeron que estaba ocupada y me preguntaron si quería hablar con alguno de los muchachos. Colgué, y me acordé de mi amigo que murió, también de Gabriel y de sus padres, a quienes conocía. ¿Qué haría Gabriel en su vida? Puse un disco de la banda Chicago y subrayé tres renglones de la letra de una canción para algún día dedicárselas a mi vecina.

El siguiente viernes, y después de esa semana en que ni una llamada me había contestado, al bajarnos del carro en la escuela la invité a comer al McDonald´s. Al menos le saqué una sonrisa, creo que le causó sorpresa mi osadía. Me dijo que no, pero me lo dijo sonriendo. Ya tenía una imagen de ella sonriendo. Era un buen logro. A esa edad, ese recuerdo era oro puro. No importaba que en mi primera invitación a una mujer me hubiera dicho que no. Ella era de las más bellas, y además era mucho mayor que yo. Me sentí bien ser valiente, al menos para eso.

Ese viernes por la tarde, un tío pasó por mí a la escuela. En lugar de estar con la vecina compartiendo una malteada, iba rumbo a mi casa con un tío que ya fumaba, sabía artes marciales y tenía un radio de comunicación CB en su auto deportivo. Conocía a muchas mujeres. El estéreo de su auto sonaba fuertísimo; tenía un amplificador en la cajuela y un ecualizador abajo de la guantera, era parte de un equipo de rescate, las cosas perfectas que deslumbrarían a un adolescente como yo. Llevaba el sonido fuerte con una canción de Bruce Springsteen. Dio un acelerón entrando a la larga recta que se dirigía a la colonia en que ambos vivíamos, metió segunda dejando un poco el clutch adentro, lo cual hizo bramar al motor. Las llantas de atrás se perdían en humo. El olor a caucho quemado me agradó, al igual que el de la cerilla de mi oído en noches de insomnio. Sacó el clutch y el Atlantic color beige avanzó rápidamente. Sentí el aire en mi cara, saqué la mano por la ventana. Ese segundo me sentí feliz, aunque no le di importancia.

Creo que aún no metía la cuarta velocidad cuando un auto que venía en el sentido contrario, perdió el control, se dirigió hacia nosotros y subió al pequeño camellón que dividía la calle. Mi tío desaceleró, extendió su mano derecha sobre mi pecho; te digo que no usábamos el cinturón de seguridad. Traía en su mano izquierda un Marlboro rojo. Dirigió el Atlantic hacia la derecha para intentar esquivarlos. El diminuto camellón hizo rebotar hacia el otro lado al carro. Drásticamente cambió de rumbo hacia el otro extremo y de forma brusca, casi en noventa grados, se alejó y se estrelló de frente contra el largo y alto muro de concreto del Club Campestre. Aquel auto estalló en llamas. Avanzamos lentamente. Sentí el calor del fuego en mi cachete izquierdo. Fue un estruendo compacto, intenso. Fue más calor que ruido. Más adelante dimos vuelta en u, nos acercamos por atrás al auto, y del asiento de atrás sacó mi tío su gorro del equipo de rescate al que pertenecía. Y mientras él salía, me gritó que lo acompañara a ayudar. Tomó del piso de su lado un pequeño extinguidor. ¡Vamos! ¡Vamos a ayudar, que puede explotar aún más! Me tardé en abrir la puerta; al salir sentí el calor en todo mi cuerpo, aquel auto estaba en llamas. Mi tío ya sacaba a una muchacha. Y no pude mover mi cuerpo; debía ir a ayudar, pero me quedé inmóvil, sintiendo el inmenso calor en mi cuerpo. Y el fuego a unos treinta metros de mí.

Mi tío en plena escena de superhéroe y yo acá, estático. Ni siquiera recuerdo haber sentido miedo, sólo no podía emitir la orden de moverme. Un pillido me sonaba en el oído derecho, en el otro escuchaba los redobles de la banda de guerra. Apenas había dado dos pasos, cuando mi tío ya venía de regreso; me pedía que buscara en la cajuela otro extinguidor. Otra muchacha estaba atorada en el asiento del copiloto. Giré y di dos pasos muy torpes hacia la cajuela; el auto estrellado estaba envuelto en un humo color negro y gris. Olía a metal, a tela y a gasolina, y recordé el olor de excremento a bovino de la plaza de toros. Y recordé el olor al vómito que tuve después de cenar unos tacos de trompo en la primera borrachera de mi vida. Y recordé cómo olía mi amigo que murió. Mi tío llegó antes que yo a la cajuela, sacó el extinguidor y me pidió que lo acompañara para ayudar a los que había rescatado ya. Se fue corriendo por su lado hacia el auto. Me tardé más en moverme, y apenas iba saliendo de la parte de atrás, por el otro lado, cuando sucedió una fuerte explosión. El auto se elevó, mi tío cayó de frente, estaba como a diez metros. Los dos que había sacado del auto estaban a salvo, un poco más retirados, bajo un triste mezquite. Yo ya estaba lo suficientemente débil desde antes, algo me había paralizado. Las vibraciones me tumbaron, me fui de nalgas para atrás. Había tomado un pequeño botiquín de la cajuela. No sentí dolor, sentí el calor, pero no me quemó, no me molestó. Me temblaron los cachetes.

Me preocupé porque no se me cayera el bote de alcohol. Estaba fuera de mí. Quizá desde la mañana en que la vecina me había sonreído, o quizá desde el momento en que me había dicho que no. O desde que mi amigo me dijo que moriría, o desde la noticia de la muerte de los padres de Gabriel. Dos minutos antes cantábamos la canción de Springsteen, y ahora el calor nos pintaba la cara. Ni siquiera intenté levantarme. Mi tío me volteó a ver y luego avanzó hacia el carro en llamas. Me dejé caer de espaldas; quedé totalmente acostado, viendo el cielo azul lleno de luz. Mantuve el bote de alcohol derecho. Y me perdí viendo las nubes claras. Ni siquiera se me ocurrió ir a ver a los heridos. No se me ocurrió nada. Perdí la noción del tiempo, hasta que escuché unos pasos. Me levanté. Venía mi tío con la mirada intensa y los hombros encogidos. Tenía su rostro manchado de negro y sangre en una de sus manos. No tuvo que preguntarme por mi estado. Entró al auto y al CB le decía que tenía un 10-15, que necesitaba un 10-38. Me arrebató el botiquín y el alcohol, no dijimos nada. Se fue corriendo de nuevo. Yo no encontraba lugar para mí. No tendría nada que decirle a los heridos. No sabía qué hacer si me acercaba. Bajaron las llamas y poco a poco fui sintiendo, y fui pensando. Me volvieron las ideas.

Pude dar pasos hacia los heridos que estaban recostados bajo el árbol. Iba a medio camino cuando mi tío me detuvo. Puso de forma brusca su palma en mi pecho y me ordenó que me fuera al auto. Me dijo que no podía estar ahí, cuando de pronto percibí un olor a carne quemada. Volteé bruscamente hacia el auto, pero me detuvo la cara con fuerza. No sé por qué, pero intenté zafarme para correr y ver qué había pasado, me sujetó de los hombros y sólo me dijo: murió una mujer. No la alcancé a sacar. En ese instante vomité y me caí. Ya estaba a unos metros del Atlantic, me arrastré gateando al borde de la banqueta. Las lágrimas se me habían mezclado con residuos de vómito que quedaron en mis labios. Los dos heridos, bajo el mezquite, también lloraban.

Como pude, me enderecé un poco. Por instinto volteé al cielo. El sol me daba directo en el cráneo. Sentía una patada en el pecho, cuando una lista de preguntas me asaltó: ¿Y si hubiera ayudado en algo? ¿Ella murió por mi culpa? ¿Con mi ayuda la hubiéramos podido sacar a tiempo? Busqué un milagro en el cielo, busqué una montaña que pudiera mover con la fe. Me acordé del sacerdote de la plaza de toros que señalaba la zona donde el milagro estaba sucediendo, que señalara ese auto estrellado. Grité que tenía fe. Grité como la abuela: ¡Acá! ¡Acá! Pero nada sucedió. Sólo escuché lenta y fuertemente el redoble de un tambor que me retumbaba con odio. Y el chillido sin mucha urgencia de una ambulancia.

X

Una vez tuve una novia a quien nunca pude besar. Era el tiempo en que me chocaba las muelas entre ellas todo el tiempo. Si iba en un auto, no podía parar de contar los postes de luz, las personas caminando, los carros rojos. Siempre que veía el reloj eran las once de la mañana con once minutos. Empecé a caminar trayectos largos en busca de independencia. Había ganado algunas peleas, conocí el gozo de meter un puñetazo en la boca y ver al otro caer lentamente, era casi igual que meter un gol que nos daba derecho a usar la cancha principal toda la semana.

Lástima que casi nadie me había visto pelear. Me había animado a una declaración de amor, tartamudeando y, apoyado por unas líneas que había escrito en una tarjeta, pude tener mi primera novia. Meses después, todo acabó y nunca la pude besar. En una ocasión en la preparatoria me defendí y dejé inmovilizados a tres que me quisieron golpear. Lástima que había sido casi al final de la preparatoria, lástima que ninguna mujer me vio.

La universidad estaba por llegar. Sólo faltaban unas semanas para la libertad. No más rezos en las clases. Mujeres de todo el país. Lástima que nunca tuve el valor de preguntarle por qué rechazaba mis besos. Por más que intenté diversas formas, nunca estuve ni siquiera cerca. Creo que nunca me quiso. No me rompió el corazón. Pero sus labios me ponían loco. Me fue mal. Poco a poco todo se contaminó y tomarla de la mano ya no me era suficiente. Parecíamos primos que tenían buenas conversaciones. Una tarde de viernes, sentados en su jardín, mientras me tomaba de la mano de una forma tan sensual, como nunca lo había hecho, me dijo que quería terminar. Yo inventé diálogos y hacía preguntas con tal de extender el momento. Fue más de una hora. Mientras la escuchaba, pensaba en alguna forma de besarla. Me soltó la mano hasta que me dejó en la banqueta.

Estuve a punto de preguntarle si podía darle un beso de despedida; que nuestro primero fuera el día en que terminábamos, pero no me animé. Estaba como anestesiado. Traía un vestido extraño. Me contó famosas historias de amor; empezó con Romeo y Julieta, lo hizo para confirmar que la nuestra no era buena. Hablaba de forma muy apacible, lenta y tan cordialmente que no dolió terminar. Ni siquiera estuve cerca de besarla. Eso no puede ser una buena historia de amor.

Una tarde de jueves, iba con Catalina, mi hermana, en nuestras bicicletas en una brecha de la Sierra Madre. Me decía que no era normal no besar a mi novia. Yo intentaba defenderla, y, de pasada, defenderme a mí. ¿De qué te sirve que sea hermosa, si no te quiere? Yo le explicaba que sí servía de algo, que a los dieciocho años siempre servía de algo estar con una mujer así. Al siguiente instante, la bicicleta de Catalina pasó sobre un pozo que causó que girara el volante bruscamente hacia la derecha, era una brecha de unos tres metros de ancho. Catalina los cruzó de un lado al otro en un segundo, como si trajera un motor, pasó frente a mí, y se dirigió al precipicio. Lo mejor hubiera sido que chocara contra mí, pero no, pasó justo en frente y se dirigió directo y velozmente al gran barranco, vi que soltó las manos del manubrio, ni oportunidad tuve de decir nada. ¿A poco así suceden las tragedias en días frescos y soleados?

Pensé que también tenía años de no besarla a ella, a ninguna de mis dos hermanas. Reaccioné como líbero, ya la bicicleta de ella iba con la llanta delantera en picada, bajé mi pie derecho, con mi brazo izquierdo aventé mi bicicleta hacia ese lado. En una fracción de instante, como si millones de copas del mundo estuvieran en juego, di dos pasos grandes y descompuestos hacia ella, y así como lo imaginas tú ahorita en cámara lenta, así lo estaba viendo yo; ya las dos llantas iban en picada, el cuerpo de mi hermana rebotaba sobre el cuadro de la bicicleta.

Era un enorme precipicio lleno de piedras y al fondo se veían las puntas de muchos pinos enormes. Me di cuenta que nunca había pasado una tarde con mis hermanas hablando de amores, de sueños, mucho menos de miedos. Como que cuando llegó la edad en donde los juegos de mesa ya no eran atractivos, nos habíamos separado, y hasta como que entendíamos y aceptábamos que cada quien siguiera con su vida, sus golpes, al cabo que siempre comíamos juntos, aunque nunca sabíamos realmente lo que íbamos viviendo, lo que nos dolía o lo que nos hacía feliz.

Y en ese instante en que la vi caer al precipicio, en que su chongo se alborotaba abajo de su casco, sentí todo lo que la quería. La sentía mía, de mi sangre. Yo me sentí ella. Sentí coraje. Escuché muchos ruidos, piedras crujían, alguien más atrás gritaba, ramas tronaban, y un grito lleno de pavor y agudo de ella me caló muy adentro. Temblé. Ojalá hubiera sido yo hermana. Ojalá te hubiera dado un beso antes. Ojalá te hubiera explicado cómo ignorar a las amigas necias o cómo evitar que el abuelo nos regañara. Ojalá me hubiera atrevido a decirte que ese novio que tenías sí era un buen partido. Ojalá tuviéramos una noche más, como las de aquel verano en el que no podíamos dormir por el calor y pasábamos las madrugadas contando las cucarachas y otros insectos que pasaban por el mosquitero de la ventana. Ojalá tuviéramos una tarde más para poder ir a tomar juntos un helado, o una mañana de sábado para prepararte tu desayuno especial y llevártelo a la cama. Que pudiéramos ver otro partido de fútbol americano y que molestaras todo el juego cambiando el nombre a los jugadores con terminaciones cómicas. O que tuviéramos cualquier otro día, para llevarte a alguna clase o recogerte de alguna fiesta sin reclamarte nada.

Que tuviéramos algo más que estos segundos en que te voy viendo caer. Y que me quedas tan lejos, y que vas cayendo tan rápido que me falta aire, que me faltan brazos. Que tuviera un instante más para ver tus ojos negros y abrazar tu delgado cuerpo. Un instante más para nombrarte con el apodo que más te gustaba y no con el que más te molestaba. Un instante para un café, para una confesión, para un consejo. No este instante en que te veo caer.

Quería gritarte que me perdonaras por todas las veces en que te fallé, en que te juzgué, en que sólo busqué mi bien, por mi ausencia en el momento en que me necesitabas, como ahorita, en que de nuevo te estaba fallando. Y frente a mí se me estaba yendo tu vida, y pensé en papá y en mamá, vi sus caras afligidas al recibir la noticia. Pensé en mí, en cargar por el resto de mi vida con el peso de haberte invitado a ir a la montaña en bicicleta esa tarde.

Ojalá hubiera sido yo, hermana. Brinqué como portero alemán, literalmente volé con todo mi cuerpo extendido hacia a ti. Un superpoder te hubiera salvado, pero no tenía nada que lanzarte para detenerte más que mi deseo y mi fe, que la montaña se moviera hacia donde yo estaba, que te quedaras estática un instante; el que sigue. Que el aire te empujara hacia mí, que mi lengua creciera y te alcanzara, que algo raro pasara, pero que no cayeras. Pensé en lo que dolería vivir sin ti y lo difícil que sería encontrarle sentido a la vida sabiendo que por mi culpa habías muerto.

Deseé tener un control que parara la escena y que pudiera regresarla años atrás, hasta un mediodía de sábado endonde cocinábamos juntos en la casa. Lo único sobre lo que tenía algo de control en ese momento era sobre mi cuerpo. Te cambiaba mi mundo por el tuyo sin pensarlo, mi vida por la tuya. Que tú fueras la que sufriera al avisarle a papá y mamá. Y volé, volé como nunca. Cambiaría todo lo que me había pasado y todo lo que me pasaría con tal de alcanzarte. El tiempo se detuvo un instante, hasta que mi mano tocó tu chongo y lo apreté como jamás te había apretado. Sentiste el jalón en el cráneo, pegaste el grito más fuerte que te haya escuchado. Tu bicicleta siguió el brusco descenso para empezar a destruirse en los siguientes brincos, hasta que se estrelló directo en un tronco y la perdimos de vista. Caíste de espaldas con la mirada perdida en el cielo. Caí de frente en las rocas. Con mi otro brazo me protegí un poco los golpes en la cara, los cuales no sentí. Nuestros cuerpos seguían arrastrándose hacia abajo, hasta que finalmente paramos. Yo quedé llorando boca abajo contra las piedras, con la boca llena de tierra. Tú quedaste boca arriba, riendo a carcajadas, viendo directo al cielo en donde unas nubes blancas formaban la figura de un bombón de azúcar.

Quedamos como diez metros abajo de la brecha. Recordé lo que me gustaba estar a tu lado. Mientras me acercaba a ti... te quiero, fue lo primero que dije, y tú contestaste que era una tontería tener una novia a la que jamás había besado. Me arrastré como pude, me puse de rodillas a su lado y le llené de besos sus mejillas. Gritábamos de dolor, de alegría, el instante se había detenido para nosotros. Hay de besos a besos.

XI

Siempre temí ir con putas. Siempre me desagradó la idea. Me costó mucho esa postura. De joven, mantener cualquier idea era un reto. Era común que los ideales cayeran con los años, con la rutina, con los nuevos amigos, con las ganas de pertenecer a algo, a lo que fuera.

Crecí suponiendo que todo en lo que creía era lo correcto. Muchas veces estuve consciente de mis actos equivocados antes de realizarlos, y aun así, caí en esos deleites sabiendo que habría un ardor al final, que de alguna forma el recuerdo calaría. Hubo otros errores sorpresivos, engañosos como el otoño, de esos que golpeaban al final, justo cuando esperaba un abrazo. Pero al ir con putas no había engaños, todo era claro. Era obvio lo que se buscaba y lo que se obtendría. El medio era el dinero.

De buenas que el dinero, de joven, siempre me faltó. A pesar de que durante mucho tiempo no tuve a quién serle fiel, las prostitutas nunca me atrajeron. Prefería robarle un beso y regalarle unas caricias a una amiga o a una desconocida, pero no a una prostituta. Prefería ganarme unos instantes de placer que pagarlos. No encontraba lo bueno de dar dinero por algo que se podía lograr gratis. Me gustaba la dificultad, siempre. Me gustaba ser diferente y gozar la conquista de algo difícil. De la más bella. De la más grande. De la que me decían que era muy hermosa para mí. De la que se le llenaba la casa de rosas en febrero. Prefería un esfuerzo épico intentando enamorar a la que acababa de ganar el concurso de belleza de la universidad, que ir un sábado en la noche a estirar unos billetes a cambio de media hora sobre un catre viejo. No había atracción en eso.

La conciencia es la que me alertaba cuando una carne asada entre amigos se convertía en un viaje al centro, al prostíbulo de moda. O cuando, después de una serenata, el destino era al centro con las de boca de carmín cargado. Me molestaba ver que cantaran amor a sus novias y luego huyeran al centro. Vi cómo hay noches que son toda una vida. Y también cómo en un segundo todo puede acabar. Olvidamos que respiramos por accidente y como en una canción, litros de alcohol en mano, rock en español sonando fuertemente, al siguiente instante el techo estaba al aire y alguien del carro había perdido la vida.

Prefería seguir luchando y ser fiel a lo poco en que creía, a las pocas certezas que tenía a esa edad. Prefería besar a Julieta, aunque ella tuviera novio, que ir al centro a pagarle a una mujer. Muchos contaban sus historias de alcohol y de esas mujeres, yo prefería callar los poemas que le acababa de escribir a quien me tenía enamorado en ese momento. Prefería callar, a decirles que el amor era el mayor vicio. Presumían los precios que pagaban a estas mujeres por hacerles diferentes acciones sexuales. Decían que jamás las podías besar. En eso estaba de acuerdo con ellas; al parecer creían igual que yo, que hay labios más peligrosos que armas, que un beso jamás es inútil, sino que el inútil es uno.

Prefería quedarme solo a unirme al grupo de amigos que el fin de semana lo pasaba con esas mujeres. Era una aventura que no me agradaba. Era aceptar públicamente mi debilidad física, y que lo único que me guiaba eran mis erecciones y dolores en los cargados testículos. Era como aceptar mi naturaleza básica y primitiva, y yo que quería hablar del amor que sentía por alguna mujer. Yo que prefería la ilusión ciega, el amor inocente o el deseo por alguien a quien conocía, alguien a quien tuviera que convencer. Yo no quería olvidar que había ojos que me habían gritado más que bocas, no quería sucumbir a las costumbres de todos, no quería menospreciar el poder de una caricia. Yo no podía olvidar cómo me habían cortado unos labios.

Yo que no quería acabar esas noches preguntándome los porqués, no quería caer en el letargo de esa zona penumbrosa a donde me mandaba el remordimiento, y en donde se me iban los instantes, se me desvanecía en lo que creía. Era muy incómodo fingir como lo hacían todos.

Si los que iban eran fuertes para soportar ese tipo de experiencias y remordimientos, entonces yo era un débil sin intención de mejorar en esas habilidades. En ocasiones era todo tan ficticio que la realidad se me perdía. Se me olvidaba que había miradas que tenían brillos eternos. Pretendía que somos capaces de olvidar a ciertas personas, sobre todo a las que me habían dejado dándome un beso en la mejilla. Pero no es verdad: la conciencia siempre gana, la conciencia siempre duele cuando le fallas. Y ese dolor me hartaba, me jodía la vida. Cómo querer coger con una a quien no conocía, si aún extrañaba a Paloma. La extrañaba tanto que en todas la veía. Todas tenían su cara, su cadera ancha y su abdomen plano. La lástima siempre me lastimó, sobre todo la que en ocasiones tenía de mí mismo. Prefería discutirle al sacerdote, en plena confesión, el derecho que tenía a la masturbación, que acabar en el centro, en esos lugares de luces de neón.

Sólo a unas cuadras del prostíbulo, preferí salir del carro mientras estaba el semáforo con la luz roja. Escapé de los jalones de mis amigos, de los gritos y de sus burlas. Preferí estar solo en pleno centro, con poco dinero y mucho alcohol en las venas, y con la noche arriba caminé lentamente, en ocasiones tambaleándome. Me dirigí hacia el sur mientras pensaba lo simple que hubiera sido declararle mi amor a Paloma. Pensaba que nada me urgía a pesar de que extrañaba a quien aún no llegaba, a quien debía amar. Quería tener a alguien para mí, para besarla, y que, entre más la besara, más aire me faltara. No quería pagar por ningún favor.

Decían que si durabas más de diez minutos ya eras un excelente amante, que de todo lo que les contaras se iban a reír. Que la dueña era amable y que podías escoger a cualquier tipo de mujer, aunque en realidad supe que no había más de siete en el lugar al que iban mis amigos. Contaron que una vez un amigo se encontró ahí a su papá, y muy orgullosos de su hombría se compraron en el lugar una botella de whisky para festejar la coincidencia. Me era muy difícil entender eso, yo que, si tuviera una novia, no quisiera que nadie la besara ni tocara por el resto de su vida, ¿cómo entender recibir mi turno para cogerme a la prostituta que mi amigo acababa de cogerse? Podía entender el gozo de lo prohibido al desear a la mujer de un prójimo y la atracción de lo que no se puede contar. Podía una noche regresar a la casa de la novia de un amigo para seducirla y que nuestros cuerpos se encontraran, pero no podía entender la fascinación de ir a fornicar con una puta.

Hay ocasiones en que lo más fácil es ceder a la presión. Cambiar para ser incluido. Muchas veces lo hice, pero no en este tema. Nunca pagué por una mujer. No siempre fui bueno, ni leal, ni congruente con mucho de lo que pregoné, pero nunca pagué para tener sexo. No podía ser que una mujer me causara sentimientos tan opuestos, no tenía el valor para reconocer que lo único que tenía eran instintos: yo quería conquistas, yo quería sentimientos. Yo quería a la más hermosa, a la reina del lugar, y que ella me quisiera.

Decían que era un acto propio de nuestra edad, que hasta debería causar orgullo y ningún tipo de remordimiento. Decían que aprenderías decenas de posiciones. A mí hasta asco me daba pensar a lo que olería la mujer. Me daba vergüenza exponer mi libido en mi mirada perdida. Decían que era para aprender a amar, para no hacerlo de adultos, pero a mí se me hacía como entrar a un mundo oscuro, a un hoyo negro sin final en el que entre más tiempo pasaba, más caías.

Después las acciones escalaban, pedían los teléfonos a las mujeres, luego las buscaban en sus domicilios, las invitaban a sus casas cuando sus padres salían de viaje. Se hacían amigos, luego se enojaban porque sus conocidos se querían coger a sus nuevas amigas. Luego se sorprendían porque en alguna fiesta, una de sus nuevas amigas, les había robado una lámpara y una ensaladera. Luego se les nublaba la vista y a todas las muje-res les veían cara de putas. Y al ser rechazados, acababan de nuevo en el antro de luces de neón buscando a unas mujeres nuevas. Unas que se sonrieran de forma

136

diferente, que supieran algún truco nuevo, una que aceptara tomar, o que le hiciera algún otro favor adicional al que habían pagado. Ese comercio tan sencillo no me agradaba. Al menos cuatro apodos me surgieron por mi actitud respecto al prostíbulo. Ninguno duró más de un año. Ya había aprendido a ignorar, a quedarme callado, a ser indiferente ante la burla.

Ni siquiera era popular el Sida, era mucho más el asco y la vergüenza. Era no querer aceptar que sólo éramos instintivos. A mí me gustaba desearlas, sentirlas, ganarme cada caricia, luchar por cada frontera, batallar en cada botón. Nunca me gustó nada fácil.

Todos querían crecer, acceder a lo que la vida regalaba a los grandes. Y yo que a golpes había aprendido que los gozos eran más simples, que crecer nos nublaba, que lo que nos debía aumentar era la inocencia. Dudaba si la felicidad se encontraba al dejar de buscarla. Y mientras caminaba del centro al sur, esa noche, imaginé a quien me faltaba. Me volvía la esperanza de lo bella que sería quien llegara en el futuro. Imaginé su aliento, sus ojos. Imaginé que le contaría esa noche, que aunque aún no la conocía, esa huida había sido para ella, y mientras mis amigos en esos momentos luchaban por romper el récord de los diez minutos, y las mujeres repetían gemidos pésimamente actuados, yo iba caminando hacia el sur, cruzando el ancho río, imaginando la silueta de quien llegaría para mí en esta vida. Y sonreí.

Aún no llegaba a casa de mis papás y mis amigos ya habrían terminado su aventura, ya estarían saliendo en busca de algunos tacos, incluso algún osado habría propuesto que le llevarán serenata a su novia, como si las trompetas del mariachi borraran el remordimiento. Eso de tantas máscaras nunca me agradó, me era difícil callarme y abstenerme de emitir juicios, lo cual obviamente, me causó problemas. Peleas llenas de clichés, que no te metas con mi vida, que no te metas con mi vieja, que cada quien hace lo que quiere con su cuerpo, que ni se te ocurra hacerla de pedo. Que chingas a tu madre.

Decían que ellas eran nobles, que lo hacían por sus hijos, que tenían una familia que mantener, porque algún hombre las había embarazado para luego abandonarlas. Se sentían redentores, superhéroes con el poder de varios billetes de doscientos y unos litros de alcohol encima. Y yo entre más caminaba, más confirmaba que lo que hacía me daba paz. Me sentía bien conmigo, y esa es una sensación muy difícil de conseguir.

Muchas veces no es tan claro ver lo oscuro. No es tan fácil ver las espinas cuando hay una rosa tan hermosa. Al menos, en ese tema, me fue muy fácil mantenerme firme, a pesar de todo. A pesar de perder supuestos amigos, a pesar de que todo escalaba, a pesar de que en una comida alguien con ligereza decía, pues háblenle a las viejas estas. Y otro obedecía con tanta naturalidad como si fueran a pedir una pizza a domicilio. Ni cómo intentar explicarles el vacío que sentía con la idea de convivir con estas mujeres. Y huía. Y tuve muchas caminatas huyendo. Lo mejor de todo es que esas caminatas me hacían bien. No importaba si llovía calor o granizo, o si era un otoño gris, esas caminatas siempre me agradaban. Tan simple que hubiera sido si el resto de mi vida la hubiera entendido así de bien y hubiera actuado conforme a lo que pensaba.

XII

Si en algo tenían la razón los adultos, era en decir que el tiempo vuela. Vaya que el tiempo es el guiño del mal. De niño y de adolescente era muy difícil entender estos comentarios porque todo se movía muy lentamente. A excepción de las vacaciones de verano, todo lo demás era eterno. Un año escolar parecía un lustro. Una mañana en la escuela parecía un mes. Un mes en las clases de inglés parecía un año. De adulto el tiempo vuela y las décadas se desaparecen entre las manos. Los años se te empalman y luego se te desaparecen. Pero de niño, extrañamente el único año que pasó rápido, fue el que usé los aparatos. Debería haber sido al revés, pero mucho en mi vida debió haber sido al revés.

Aunque me molestaba que me voltearan a ver con lástima, eso me motivaba a demostrarles que podía hacer todo de forma normal, o incluso mejor que si no trajera nada; a pesar de tener un dolor constante en las caderas llenas de los moretones que causaba el cinturón de acero, y que los pies me olían feo por usar siempre los mismos zapatos de charol negros, a pesar de que me dolían las plantas de los pies, a pesar de mis ampollas. Ese año voló a pesar de todo.

Los aparatos me retaban constantemente y eso siempre me ha gustado. Como si vivir, crecer, aprender y ser feliz no fueran retos suficientes, los aparatos llegaron no solamente a ayudarme a caminar de mejor forma, sino a vivir mejor. Demandaban toda mi fuerza de voluntad, toda mi capacidad para aguantar el dolor y la lástima. Fue más difícil hacer deporte con ellos, pero no dejé de hacerlo.

Ese año de los aparatos fue el primero que jugué béisbol, y fui seleccionado para representar a la liga en los torneos rumbo al estatal. Gané el trofeo al jugador más valioso.

El día de la ceremonia de entrega de trofeos, casi al terminar la temporada, estábamos todos los equipos formados sobre el campo. Era un viernes por la tarde. Esperaba que fuera memorable. El sol se escondía a nuestras espaldas, huía por la Huasteca cansado de lucharle a las estrellas. Quería escuchar mi nombre; ya no tenía miedo a correr con los aparatos, en un año me hice experto. Quería ganar. Era el galardón final a mi año tan loco. Después de unos problemas con el sonido, y de varios minutos que tuvimos que esperar porque el alcalde no había llegado, dijeron mi nombre, y sí, corrí por el trofeo. Esa pieza tenía muchos significados para mí. Mi madre, desde las gradas, me veía emocionada. Con su sonrisa tranquila y poderosa, sabiendo que desde lejos nos podíamos leer los labios, me dijo te amo. Pero no encontré a mi padre. Nunca llegó.

Fue agridulce recibir el trofeo sin que me viera mi padre. No entendía qué motivo le había impedido estar conmigo ese día. El trabajo y el gozo. Supuestamente es tan simple ser feliz de chico. Supuestamente es tan fácil caer en depresiones y crisis a la mediana edad. Para mí, eso también fue al revés. De adulto he encontrado más certezas, más gozos. Del amor y sus ataques a ninguna edad nos salvamos. Ni un instante estamos libres del efecto del amor. Ni cuando más odiamos.

Cuando iba corriendo de regreso hacia donde estaba mi equipo esperándome para felicitarme, veía a todos lados, tenía la esperanza de encontrar a mi padre, de escuchar su silbido único, pero no, nunca llegó. En la noche me llamó a la casa, supuestamente estaba en un viaje de trabajo. El trofeo también era mucho de él. No hubiera logrado ponerme los aparatos trescientos sesenta y cinco días seguidos durante veinticuatro horas si no fuera también por él. Sin sus historias de perseverancia, sin sus cuentos de hazañas deportivas llenas de aprendizajes. Sin su ejemplo diario. Sin su alta prudencia y su fuerte carácter. Sin su terco empeño y su educada energía. Sin su candor. Sin su poder de soñar y su habilidad para enseñar el significado de ser responsable sin jamás mencionar esa palabra. No llegó. Habló en la noche a la casa, andaba en un viaje de negocios. Esos negocios que los hacía para nosotros, esa noche nos habían alejado. No quise hablar mucho para no quebrarme en llanto. Me dolía mucho escucharlo lejos.

A pesar de que habían realizado ya la ceremonia de clausura, aún quedaba un partido por jugar. Y como yo estaba por cumplir mi año con los aparatos, dentro del programa de uso ya me permitían dormir sin ellos, lo cual era infinitamente placentero. A las ocho de la noche me bañaba y me los volvía a poner al otro día por la mañana. Después de doce meses seguidos usándolos durante todo el día y toda la noche, quitármelos para dormir era un gozo portentoso. Así serían mis últimas dos semanas con los aparatos.

Imaginaba lo que sería correr sin ellos. Brincar, intentar vencer a amigos en carreras, poder barrerme sin sentir que el pedazo de fierro de los lados se me enterrara en la cadera.

Pero sólo me quedaba un juego, era el siguiente jueves a las cinco de la tarde. El lunes pregunté a mi mamá si podía jugar el último partido sin los aparatos. En lugar de quitármelos ese día a las ocho, me los quitaría justo antes de empezar el partido, a las cinco de la tarde, tan sólo tres horas antes. Mi madre dijo que mi padre era quien tendría que dar ese permiso. Mi padre regresó el miércoles de su viaje. Dejando un poco de lado el rencor por su ausencia, y aprovechando el momento para chantajearlo, le pregunté a él. Directo y sin dudarlo contestó que no. De nada sirvió reclamarle su ausencia en la entrega del trofeo. De nada sirvió la intervención de mi madre. Mi papá parecía militar para hacernos cumplir las reglas, los protocolos, hábitos, modales, principios. Todo lo que tuviera que ver con algo de eso era no negociable. De nada sirvieron los berrinches. ¡Uno, papá! ¡Un día te pido! ¡Un día de un año! ¡Un día al final del año! La primera vez es el principio de todo, me dijo. ¿El principio de qué, si ya casi acabo el año? El principio de que te mandes mensajes a ti mismo de que no cumples las cosas tal como te las trazaste. Si aceptaste un año, tiene que ser un año. Si mañana toca a las ocho tiene que ser a las ocho. Todos fallan en sus promesas, papá; tú también lo haces. Por eso, entre más tardes en empezar a fallar, más tiempo ganas. Es de humanos fallar, es de humanos pecar, en todos lados nos dicen eso. Además sólo estoy pidiendo tres horas antes, es más, esa noche duermo con los aparatos. Déjame quitármelos para el juego y duermo con ellos en la noche aunque eso ya no esté en el plan, para compensar. No. Todo tiene un porqué, no somos doctores. No eches a perder todo lo hecho a lo largo del año. Si te pidió una hora, un día, un plazo, es por algo. Yo sí debo entender tu ausencia en el momento más importante de mi vida, y tú no puedes hacer una sola excepción. No es no, Mateo. Y ya diciendo eso, la conversación se daba por terminada. Ni dos o tres comentarios de mi mamá intercediendo por mí habían ayudado en algo. A llorar a mi cuarto y a contener las ganas de dar el portazo que hubiera marcado alguna otra consecuencia.

Creo que en quinto de primaria uno olvida fácil. El sol del jueves me borró algo del coraje. A fin de cuentas, con aparatos había jugado todo el año. A fin de cuentas, había ganado el trofeo. Al desayunar, mi padre ya se había ido al trabajo. Mis hermanas preguntaron por qué había discutido la noche anterior, ni siquiera quise explicarles y mi mamá y yo decidimos no hablar del tema. Todo el día me pregunté por qué mi padre actuaba así. ¿Qué quería que realmente aprendiéramos de esas lecciones? Yo no entendía el riesgo de ceder en algunas ocasiones. A la tristeza que había sentido por su ausencia en la ceremonia del trofeo, ahora se le había unido el coraje por no haberme dado el permiso.

A las cuatro treinta de la tarde ya estaba en el campo de béisbol, haciendo los ejercicios de calentamiento, mientras esperábamos que el juego previo terminara. Era el último partido de un año en donde aprendí que era muchísimo más capaz de lo que pensaba. Me gustaban los atardeceres en ese campo. Los rayos del sol llegaban muy inclinados; parecía que los podíamos tocar. Al oeste, la Huasteca se ponía roja de la emoción por el paso cercano del sol. A las cinco de la tarde empezaba a oler a noche. Acabamos los estiramientos y volvimos a juntarnos en la pequeña grada que estaba atrás del home plate. Mi entrenador me felicitó por el trofeo. Sonreí.

Faltaban sólo unos minutos para que empezara nuestro juego. A mi lado apareció una caja de cartón rectangular. En la tapa decía Adidas. No la toqué. Unos minutos después logré ver escrito en una esquina de la tapa, con pluma azul: *Mateo*. Volteé a los lados y todos seguían con sus vidas. Sorprendido tomé con cuidado la caja; pensé que podía ser una broma y hubiera algún animal muerto o alguna de esas tonterías que hacían mis amigos. La abrí muy despacio. Muy lento. Hasta que vi adentro unos tachones especiales para béisbol, nuevos y brillantes. Olían a nuevo, a piel. Sobre los tachones una pequeña nota que decía:

Te quiero, campeón. Papá.

Levanté mi mirada de inmediato y lo encontré al instante, como si supiera dónde había estado siempre. Corrí a abrazarlo, no tuvimos que decir mucho. Un gracias, bastó. Un bien hecho, me contestó.

Por primera vez en público me quité los aparatos. Todo el equipo estaba emocionado. En estas épocas hubiera sido el momento perfecto para una fotografía. Me puse los tachones lentamente; los sentí suaves como algodón, como si se pegaran a mi cuerpo, como si fueran parte de mí. Corrí libremente. Tuve un juego espectacular: me robé todas las bases, hice un jonrón de campo. No había nada que me detuviera. En una caja de cartón mi papá metió mucho amor, muchos abrazos, muchas sonrisas, muchos te quiero.

Y aquí sigo. Pasan los años y no puedo olvidar el gozo que sentí al ver esos tachones. Aquí sigo sin poder olvidar mucho. Recuerdo lo que no quiero, olvido lo que quisiera tener presente siempre. Olvido cómo acerté, recuerdo cómo fallé, pero eso no me previene de seguir fallando. Recuerdo historias. Olvido años. Recuerdo detalles y pierdo motivos. Recuerdo caras, pero olvido nombres. Me olvido de mí. Me olvido de lo que fui y de cómo era. Olvido lo que me torció y lo que me hizo perderla. Recuerdo algunos caminos que tomé, pero nunca las razones que me hacían tomarlos. Me duele hablar del pasado como si no fuera a existir el futuro. Me aturde mi confusión sobre si debo compartir mi pasado. Si debo dejar una carta, un correo o un libro para alguien, para ti. No sé si la única forma de aprender es a golpes, o si el brindar un consejo realmente le va ayudar a alguien. Siendo todas las vidas tan diferentes, ¿por qué habría de haber una enseñanza en la vida del otro? La vida, la mente, la visión, los principios, todo es tan diferente, entonces, ¿para qué molestarme en contar? Para qué recordar a las muchas mujeres a quienes pensé decirles que las amaba, a las pocas que se los dije y a la única que amé. ¿Para qué esforzarme en evocar a los compañeros de la infancia a quienes odié, a los muchos que se los demostré, o a los pocos que golpeé?

Luego suceden tardes como éstas. En las que, sin ningún plan, estoy de nuevo en este lugar y me hace recordar a los amigos que tuve. A los que me fallaron, a los que lastimé. A los que me hicieron mejor, a los que me decepcionaron. Pero, sobre todo, aquí estoy de nuevo desde el lugar en donde siempre pienso en ella.

Donde por primera vez le vi el escote. El lugar que me ayuda a entender sólo un poco a esta vida revuelta de amor, miedos y dolor. De donde aprendí a callar. Del lugar donde me susurran un millón de labios suplicando amor, pidiéndome treguas. El lugar donde le escribí la primera carta. El lugar donde la extraño más. Donde las noches me han acompañado mientras la pienso. Desde donde le he gritado. Donde me dejó temblando. Desde el único lugar en que siento su aliento. El lugar en donde no se escuchan redobles. El lugar en donde veo claramente mis cicatrices y mis logros. El lugar en donde recuerdo su lengua. El lugar de donde el tiempo se me ha ido. El lugar desde donde, sobre los atardeceres, siempre busco su silueta. El lugar donde siempre pienso en ella. El lugar en donde el tiempo desaparece como luciérnaga.

Y mientras los atardeceres rojos me elevan la esperanza por encontrar ahí siempre su silueta, entiendo que este es el instante que nos queda.

Monterrey, México, 1 de marzo de 2015

El instante que nos queda
de Kato Gutiérrez.
Se terminó de imprimir en Monterrey N.L.
en Septiembre del 2017. Trabajando con la familia tipográfica
Adobe Garamont Regular en 12.5 pts. para textos y 15 pts. para títulos,
sobre papel ahuesado claro de 75 grms.